불완전한 착지

불완전한
착지

인천작가회의 시선집

삶창

차
례

불완전한 착지

신현수
이경림
정세훈
김영언
고광식
천금순
문계봉
이명희
이세기
박완섭
정민나
조정인
이기인
김명남
박인자
조혜영
류 명
최기순
지창영
김경철
심명수
이성혜
이설야
김금희
이병국
김송포
김 림
옥효정
이 권
정우림
한도훈

신현수

눈 먼 사랑

'눈 먼 사랑'에서
'눈 먼' 이란 말은
사실은
쓸데없는 말이다.
눈도 멀지 않은 사랑을
어찌 사랑이라 하겠느냐
사랑하는 이 때문에
귀먹지 않은 사랑을
어찌 사랑이라 하겠느냐
기막히지 않은 사랑을
어찌 사랑이라 하겠느냐
사랑은
내 몸뚱어리의 온갖 감각이
모두 죽었다가
사랑하는 이만을 향해 온전히 다시 살아나는 것
그리하여
네게 다시 사랑이 찾아오거든
눈도 멀고

귀도 먹고
코도 막히고
기도 막힌 사랑을 하거라.
네 사랑의 끝을
묻지 말아라
사랑의 끝을 미리 따져 묻는 사랑을
어찌 사랑이라 하겠느냐

사랑은 왜 늘

우리는 사랑하는 사람과 절대 헤어져서는 안 된다.
오랜 헤어짐 뒤 우리가 마주하게 되는 것은
전혀 다른 사람일 것이기 때문이다.
—장 르누아르

사랑은 왜 늘
앙상한 겨울나무의 마지막 남은 한 점 잎인가?
사랑은 왜 늘
억새 흔드는 바람인가?
사랑은 왜 늘
붕붕붕 하늘을 떠다니는가?
사랑은 왜 늘
지하철에서 서성이는가?
사랑은 왜 늘
지하철 플랫폼 노란선 밖에서 망설이는가?
사랑은 왜 늘
에스컬레이터 한 계단 아래에 있는가?
사랑은 왜 늘
낯선 커피숍 허공에서 떠도는가?
사랑은 왜 늘

버스 창문 너머에서 바라보고 있는가?

사랑은 왜 늘

내 몸 어디에 신열과 함께 숨어 있다가

사랑은 왜 늘

참고 또 참는 숨죽인 소리인가?

사랑은 왜 늘

느닷없이 찾아오는 고통인가?

사랑은 왜 늘

숨 못 쉬게 하는가?

사랑은 왜 늘

시작도 끝도 없는가?

사랑은 왜 늘

광장으로 찾아오는가?

그리하여

사랑과 혁명은 왜 늘

함께 오는가?

'사랑은 특별한 것이다'

― 훈데르트 바서에게

당신의 말대로
사랑은 참으로 특별한 것이어서
이제부터 그를 중심으로
이 세상을 새롭게 해석하고
그의 눈으로
이 세상의 그림을 바라보며
그의 귀로
이 세상의 음악을 들으며
그의 코로
이 세상의 냄새를 맡는 것이다.
당신의 말대로
사랑은 참으로 특별한 것이어서
이제부터 내 안에 그를 모시며
내 안에 그를 살게 하며
수평선 위의 그를 바라보며
숨죽이는 것이다.
그러나
사랑은 특별한 것이지만

그렇기 때문에

때로 가슴 아리는 슬픔인 것이다.

사랑은 특별한 것이지만

그렇기 때문에

언제나 사랑과 함께 오는 슬픔을

이겨낼 수 없으면

감당하기 어려운 것이다.

그리하여 사랑은

사실은 아무나 하기 어려운 것이다.

그러니 사랑하려는 이들이여!

사랑을 시작하지 말아라

그러니 지금 사랑하는 이들이여!

이제 그만 사랑하라.

이경림

빨간 사과를 먹는 밤

빨간 사과의 뿌연 속을 먹는 밤
뿌연 속의 달짝지근한 국물을 먹는 밤
달짝지근한 국물 속 끈적한 점액에 들러붙는 밤
점액 속 헤아릴 수도 없는 발에 붙잡히는 밤

발들의 촉수가 발기발기 찢는 밤이
깊다

누가 먹다버린 빨간 사과 반쪽이
앞 동 피뢰침에 찔려 노랗게 흘러내리는 밤
집들이 온통 사과 국물로 번들거리는 밤

거대한 쓰레기통 속에서 상피 붙은 쥐새끼들이
사과 국물에 빠져 헐떡거리는 밤

그 때 우리가 할 수 있었던 일은

버스에서 내려 다른 버스로 갈아타는 일 뿐이었네
차창에 기대 우두커니 창밖을 보는 일 뿐이었네
이따금 휴게실에 들러 우동을 먹는 일 뿐이었네

어느 생엔 지아비였을 지도모르는 낯선 남자가 바지춤
을 추키며 지나갔네
가슴 한 쪽의 공명통이 찌르르 떨었네
나는 싸구려 기념품 가게 앞을 서성거리는 나를 재촉해
귀가하듯 버스로 돌아갔네
앞자리에 앉았던 남자는 차창 밖에서 쓸쓸히 꽁초를
빨고 있었네
운전기사는 얼굴을 찌푸리고 지루한 듯 서 있었네 마치
옛날처럼
나는 커피를 마셨네 매력적이고도 고통스러웠던 청춘이
통로에서 어른거리다 갔네 다만, 다만이라고 시치미를
떼며
날이 저물었네 어두운 길을 더듬어 버스는 갔네
天地間의 창들에 노랗게 불이 켜졌네

슬픔은 왜 노란가
중얼거리며 검은 길이 앞서 가고 었었네

그 때 우리가 할 수 있었던 일은 다만
긴 여행을 끝낸 여행자처럼 무거운 가방을 끌고 육교
를 오르는 일 뿐
자정이 펼쳐 놓은 길고 구불구불한 두루마리 위에서
한 사내가 오줌을 갈기는 담장 밑을
주춤주춤 지나가는 일 뿐

자정과 새벽은 경계가 없었네
어둠은 한 획으로 새벽을 내려 그었네
다만, 다만이라고 잠꼬대 할 사이도 없이
어제의 장미는 내일의 장마였네

나는 누구의 핏줄 속을 밤새 도는 전생인가 묻고 되물
으며
우리는 혈통처럼 외로웠네

그러나 몸뚱어리가 쥐며느리가 되도록 구르고 굴러도
생이 쥐며느리가 되지는 않았네

그 때 우리가 할 수 있었던 일은 다만, 다만이라고 중
얼거리며
쏟아지는 몸을 두 발에 싣고 방향도 없이 걷는 일 뿐
이었네
끝내 나비처럼 날아가는 혼을 눈으로만 따라가는 일
뿐이었네
호두껍데기 같은 얼굴을 가진 노파의 주름 골골이 흘
러내리는 은하를
물끄러미 헤아려 보는 일 뿐이었네

기억 2

운동장만 한 흰 광목 한 필이 펼쳐져 있었다

마당비만 한 계집애가 서 있었다

노파였다

분명하지 않은 것들이

벚꽃잎처럼 흩날렸다

봄이었다

겨울이었다

죽은 아이 허기 같은

공중을 맴도는

눈부신 사막이었다

정세훈

모형 십자가

예수가 죽었다가
다시 살아난 부활을
기념하는 이들로
북적대는 부활절 행사장

인류의 구원을 위해
십자가를 진 예수의
고난을 직접 체험해 볼
모형 십자가를 놓고

누가
지고 갈 것인가
적격자를
찾고 있다

그러나,

모형 십자가가

지고 가기에
너무 무거워 보이는 이들
자신은 적격자가 아니라 한다

서로가
힘이 없다
나이가 많다
지병이 있다며

생소한 꽃

겨울이 가고 봄이 올 즈음
대한문 앞
쌍용차 해고노동자 천막 분향소
철거당하고,
철거당한 자리에 화단이 들어섰다

반드시
투쟁한 자리에
봄이 오는 것은 아니라고
피 흘린 자리에
봄이 오는 것은 아니라고

생소한 꽃, 피었다

위장된 꽃향기*

꽃향기로 위장한 살충제는
살의를 감추고
거슬리는 파리들을
한 마리도 빠뜨리지 않고 제압해 나갔다

파리들은 필사적으로 도주했다
살충제가 쉽게 닿지 않는 곳으로
들어가 한동안 숨은 파리도 있었다
수배자가 도피한 명동성당이나 조계사를
둘러싼 경찰들처럼 은신처를 포위하고
단호하게 파리가 나오기를 기다렸다
모조리 잡기로 결심한 이상 성역은 없다
가차 없는 살충제 진압작전은 계속됐다
살충제는 저승사자처럼 파리를 덮쳤다
파리들은 긴박하게 비행하며
빛이 들어오는 곳을 향해 날아갔지만
유리창문 출구는 이미 봉쇄되었다
꽃향기 살충제는 파리의 몸속을

하나하나 뚫고 장악해 들어갔다

파리들이 날개를 비비며 죽어간
집 안은 위장된 꽃향기로 가득했다

* 〈국민일보〉 2013년 12월 28일자, 강창욱 기자의 기사를 참조하여 시화
했음

김영언

금고추 흙고추

평생 동안 밭이랑마다
헤아릴 수 없이 많은 세월을
실뿌리처럼 묻어왔다는 문산댁 할머니는
제일 힘든 게 바로 고추 농사란다
자식 농사만큼이나 어렵단다

이른 봄부터
모판에 파종하고 포트 이식해 육묘한 뒤에
밭 갈고 이랑 짓고 퇴비며 토양살충제 뿌리고
잡초 나지 못하게 두둑마다 비닐 멀칭하고
포기마다 일일이 물 주고 흙 덮어
조심조심 어린 모종 옮겨 심고 나서부터
장마 지면 침수되랴 배수해주고
바람 불면 쓰러지랴 지지대 세워주고
진딧물 깍지벌레 총채벌레 점박이응애 담배나방
곰팡이병 반점세균병 역병 탄저병 흰가루병
많기도 많은 병해충 방제하려면
하루가 멀다 하고 농약을 뿌려야 한단다

독한 농약 수없이 뿌린 고추라

맘 놓고 먹기도 그렇고

행여나 몸에 안 좋을까 하여

식구들 먹을 거랑 도시 나간 자식들 줄 것은

번거롭더라도 비닐하우스 안에 따로 심는단다

하우스에서 기르면 농약을 조금만 해도 된다고

사방을 넌지시 둘러보고 나서 목소리를 낮춘다

사람만 금수저* 흙수저가 있는 게 아닐시다

기를 때부터 고추도

금고추 흙고추가 따로 있는 게 아니꺄?

역전

배고픔이 가장 큰 추억이었던 시절
허기를 달래기 위해 마지못해 먹던 것들이 있다

미처 봄이 다시 오기도 전에
보리쌀을 채웠던 뒤주 바닥이 드러나면
자물쇠 채워진 아랫방 고구마 섬을 넘석거리고
뒤껼 감자 구덩이 속에 짧은 팔을 길게 넣으며
일 나간 부모 몰래 끼니를 뒤져내던 유년이 있었다

풍요가 병이 된 현대의 빈곤 속에서
비만을 예방하기 위해 빈곤을 강요하는 아내가
반어적으로 차려내고 있는 풍요로운 식탁에서
소화불량의 추억을 마지못해 되씹고 있는
내 눈총에도 아랑곳하지 않고
날마다 식구들을 검진하고 있는 고구마와 감자는
구미 좌르르 흘러넘치는 흰 쌀밥 대신
반전 없는 역전 드라마의 주인공이 되었다

다시, 세월호의 항해

세월호는 아직도
침몰한 게 아니었다
침몰한 건 정작 한반도였다

애통하게 항해를 빼앗겨버렸다고
모두가 가슴을 치고 있던 동안에도
세월호는 항해하고 있었다

세월호의 침몰은 어쩌면
침몰한 한반도를 인양하기 위한
진정 목숨을 건 항해였다

세월호가 다시 떠올라
멈춰 섰던 한반도의 선장이 되어
더 큰 항해를 시작했다

우리는 모두
새로운 항해를 시작한 세월호에

거룩한 슬픔으로 승선해야 한다.

고광식

빈센트 반 고흐 류의 작업시간

잘린 귀는 무덤을 만들어 영구 보존해야 한다
나는 낡은 노트북을 연다

화면 속으로 구름이 소용돌이치면서 우울은 커갈 뿐
나의 손은 모여 공손하지만 눈빛은 더욱 불량해지는데
의자는 독성이 강한 압상트에 취해 있다
벽에 붙은 시계는 거미가 되어 시간을 짠다
귀를 자른 곳에서 귀가 자라난다는 것을 눈치챈 벽시
계가
아사하지 않을 만큼의 시간을 나에게 줄 때
거친 손놀림은 강렬한 색채로 포스트 강에 빠진다

별들의 소용돌이 속으로 질서를 찾아 떠났던 고흐는
이글거리는 해바라기와 함께 돌아온다

누군가는 포스트 강에서 반짝이는 거울을 건질 것 같아
나는 초조해져 다 자라지도 않은 귀를 자른다
귀를 자를 때마다 눈은 더욱 붉어지고

자판은 불안하게 뒤틀려 벌어진 틈으로
우뚝 솟아오른 측백나무가 뚜렷한 윤곽을 만든다
싸구려 술로 내 몸은 피었다 지기를 거듭하고
일그러진 표정을 한 나무가 꽃잎을 떨구는 것이
구겨진 구두의 줄을 풀어낸다는 사실을 나는 외면한다
자판은 사나운 폭풍으로 물결처럼 출렁인다

고흐가 또 다른 자화상으로 해바라기를 그리는 동안
오래된 노트북을 열기 전 나는
나에게 권총을 권하는 덜 자란 귀를 자른다

마시란 해변

승용차는 치킨게임을 하듯
엔진을 붕붕거린다

립스틱을 지운 내 친구 입술이
수평선 끝까지 갔다가 흰긴수염고래를 만나고
갈비뼈의 색깔과 냄새를 맡아보는 오후

울음소리웃음소리신음소리,

소리들이 일제히 눈동자 속에서 자지러진다,
검푸른 바다가 스티로폼처럼 제각기 얼어 있다

곡선으로 휘어진 흰긴수염고래의 갈비뼈는
옆구리를 뚫고 나온 날카롭고 긴 창,
나는 너와 대결을 하기 위해 창을 잡는다

우리는 눈보라가 칠 때를 기다려
와이퍼를 좌우로 돌리며
겨울바람이 출몰한 지점을 오래도록 바라보았다

직진성에 충실했던
너와 내가
마시란에 안긴다

눈보라가 만들어놓은 스티로폼,
  단단하게 굳어 있는 파도가 바람보다 느리게 질문을
던진다

갈기를 날리며 태양이 태우는 것은
바다 위에 엎드려 있는 우리들의 심장이다

자동차는 마시란에서 치킨게임을 하듯

붉은 하늘로 날아오른다

둥글다, MTB*

둥근 바퀴를 굴려 산을 오른다 둥글지 못한 나를 오른다 산의 가랑이에서 새가 날개를 편다 잠시 가려졌던 해가 하늘에서 햇살을 뿌린다 햇살에 드러난 나무뿌리가 산의 머리를 관통한다 둥글지 못한 갈빗대가 시리다 다리를 굴려 직선의 뿌리를 넘는다 이마에서 땀이 떨어진다 직선의 숨소리가 거칠게 둥근 심장을 난타한다 무덤을 밟고 가는 바퀴가 위태롭다 나무들은 직선으로 서 있다 직선으로 뻗은 줄기에 잎들이 찔린다 푸른 하늘이 찔린다 산이 직선의 뿌리에 찔린다 직선의 바큇살이 둥근 바퀴를 지탱한다 나, 직선으로 둥근 산을 파고든다

* 산악자전거

34

천금순

무추無秋

단비란다

호우주의보까지 내린

100년만의 가뭄

논밭이 쩍쩍 갈라져

열흘만 비가 더 오지 않으면

작물을 수확할 수 없단다

농부의 한 마디

이 비는 단비가 아니라 금비란다

내 속의 나도 가물어

걷어 들일 게 없다

해일인 양 찾아 온

병으로 까맣게 타 들어 간

내 가슴

절망하지 말자

하늘에서 촉촉 비가 오니

용기를 갖자

아직 싸리꽃이 보랏빛으로 남아 있다

그대

그대

밤새 앓는 소리

난 잠을 이룰 수가 없다

반쯤 열어 둔 창

반달이 서서히 오른쪽으로 이울고 있다

달아난

내 잠과 더불어

내 말똥말똥한 눈망울도 이울고 있다

새벽 3시

시계 초침 소리

아으 다리야

아으 엉치야

아으 어깨야

아으 힘들어

아으 엄마

하루도 빠지지 않고 온몸에 맨소래담을 바르고

출근 도장을 찍으러 가는 그대

온몸으로 우는 절정의 매미 소리 뒤로하고

온몸으로 우는 풀벌레 소리 뒤로하고

온몸으로 우는 달빛 뒤로하고

어느새

그대 앓는 소리로 가을 깊다

눈보라

저것은 공중에서
때로
세상의 흙 위에 닿는 순간
그 사이
삶과 죽음 사이를 통과하며 휘몰아친다
보이는 것과
보이지 않는 것
이미 존재하지 않는
6399병동 창가에 와 닿는 눈발을 보라
닫히는 문과 열려 있는 문 사이
뿌옇게 보이지 않는 손가락 사이
그것은 번개처럼 빠져나간다
시간은 단호하다
몸 안의 세포로 흐르던
붉디붉은 함초 같은 강물이
어디론가 빠져나가기도 하고
때로 콜라비색으로 정지해버리기도 한다
산발한 머리카락 자진몰이로 휘감기다

민머리로 사라지고 말
결국 빈 가벼움
내 안의 평화 슬픔이었나 기쁨이었나
눈보라여

문계봉

동화^{同化}

— 운유당^{蕓遊堂} 서신^{書信}

　상처를 덮은 거즈 위로 붉은 피가 스미듯, 적당한 온도의 물과 만난 다기^{茶器} 속 차^茶 향^香이 물과 공기 속에 퍼지며 스미듯, 기쁜 당신의 마음 속으로, 슬픈 당신의 눈물 속으로, 끝내는 지극히 구체적인 당신의 아픔 속으로 스며들 수 있다면, 모든 뿌리들에 빗물이 스미듯, 열매의 속살에 가을 햇볕이 스미듯, 무척이나 그윽하고 자연스레 스며들어, 어느 날 문득 힘든 당신이 뒤를 돌아봤을 때, 익숙한 풍경처럼, 오랜 그림처럼 나 그곳에 서 있을 수 있다면, 그대의 손과 내 손이 만나 이루는 수줍은 호선^{弧線}처럼, 그렇게 빠르지도 더디지도 않게 스며들 수 있다면, 스며들어 끝내는 우리가 하나될 수 있다면, 좋겠습니다.

불면
—운유당蕓遊堂 서신書信

가끔 왼쪽 어깨가 시리거나 생생한 꿈의 서슬에 놀라 잠이 깨곤 해요. 그때마다 칫솔질 하다가 잇몸을 건드리듯 갑자기 몰려온 격절감은 명치끝을 뻐근하게 만들곤 하지요. 꿈과 현실은 다르잖아요. 그러나 '아직'과 '이미'의 경계에서 견딜 수 없는 현기를 느끼면서도 이 순간만큼은 모든 시인의 펜 끝과 시들은 나를 위한 것이어야 한다고 생각하지요. '여름과 나는 림보를 통과하듯 아슬아슬하지만 그래도 잘 어울릴 수도 있을 거 같아.'라고 생각할 때쯤 아침은 벌써 손질되지 않는 머리칼 위에 닿아 있어요. 무엇이 나를 아름답게 하는 것인지, 무엇이 검은 동화 속의 나에게 동아줄을 내려주고 있는 것인지 조금은 알 것도 같지만, 꿈같은 현실과 현실 같은 꿈의 차이를 군이 변별하기 싫어서 매번 자객의 암기暗器에 심장을 맞은 것처럼, 미인계에 걸려 몽혼약을 먹은 것처럼, 새벽의 그 겸손한 적요寂寥 앞에 무릎을 꿇습니다. 그러면서 나의 어제와 막 열리고 있는 오늘을 생각하는 것이지요. 불면不眠은 때때로 나를 깊게 만들어 줍니다.

41

상강霜降
— 운유당運遊堂 서신書信

늘 가는 편백나무 숲에 도착했을 때 하늘은 내려앉고 비 내린다고 당신은 토라진 목소리로 전화를 했습니다. 얼마 전에는 앓고 있는 병증病症으로 발에 감각이 없어져 양말이 벗겨진 줄도 모르고 한 사진을 보냈다고 연락을 해오기도 했지요. 그때 당신은 울고 있었습니다.

아픈 여생餘生의 향기가 아무리 깊다한들 살아온 삶의 보람과 아프기 전 생각했던 살아갈 시간들의 향기를 대신할 수 있을까요. 편백나무숲 속에선, 드문드문 찾아오는 손님 같은 바람이 불고, 청하지 않은 가을비가 가을가을 내릴 때, 속절없이 무너지는 마음을 수습할 길 없어, 엄마 잃은 짐승처럼 소리 내어 울지도 모를 당신을 생각하면서 나의 가을 한 편도 무너지고 있습니다.

게다가 오늘은 상강霜降, 국화꽃 위로는 하얗게 서리가 앉고 모든 생명들이 저마다의 방식으로 긴 겨울을 준비하느라 부산해지는 시간입니다. 울면서 숲을 나온 당신의 마음이 한 사찰시인의 시구詩句 속에서 다시 한 번

고비를 맞고 있는 지금, 내가 있는 이곳에도 당신의 눈물 같은 가을비 가랑가랑 내리고 있습니다.

이명희

불완전한 착지

조그맣게 움츠러든 몸
바람에 날린 구겨진 낙엽
풀잎의 기척에 놀라
숨죽인 긴장 단숨에 깨지고
띄엄띄엄 날아서 나무 그늘로 숨는다

가끔씩 회유당하는
유리 속 세상인줄 모르고
뛰어들었다 날개는 꺾이고
정지된 박새 한 마리
감았던 눈 천천히 뜬다

섬

소리없이 돌아가는 환풍기
햇빛을 돌려서
실내로 탈탈탈 풀어놓는다
그림자 비켜서면 드러나는 사물들
어둠 속 숨소리
촛불 끝에서 녹아드는 공기
춤의 변주, 생은 반복의 변주
매캐한 봄 먼지
문을 깊게 밀고 들어온다
한껏 들뜬 토요일 오후
주름 접힌 마음 목이 마르다
모두들 달아난 봄날
중심의 가장자리에서
오래 묵은 낯빛들이
파사갈리아 장중한 건반
음에 마음을 싣는
오후의 춤사위
종삼음악회

벽에 기대 잠수 중인 남자

출구는 사라지고
틀어막은 귀에서 이탈한 선
흘러내리는 사이
한쪽으로 기울어진 어깨
늘어진 검은 가방

석간도 조간도 사라진 정거장
조그만 창을 열고 또 여는
초점 흐린 눈동자
접힐 듯 구부러진 몸

시꺼먼 먼지 속 뚫고 튀어나오는 열차
환청인 듯 쏟아지는 빛
순간 빨려 들어가는
비틀거리는 길
얼른 감추고 싶은 꼬리들

물어뜯긴 한쪽 귀

끝없는 소음 토해 내는

깊고 어두운 밤

통로 따라

아침을 끌어당긴다

이세기
저녁 새

저녁밥을 짓는다
오래된 집
북향으로 난 굴뚝으로 연기가 오른다

먼 곳에서
저녁을 맞은 새들이 바다를 건너 와 뗏부르나무로 날
아들었다
깃을 묻고 기척이 없다
백사장을 지나 온 갯바람마냥 쓸쓸하다

새들처럼 가슴에 얼굴을 묻는다
먼 산등성에 어둠이 켜졌다
해변으로 난 길이 조개무지처럼 환하다

저녁 새도 나도 저녁물에 가만히 눈을 떴다

빼아리라는 곳

두엇 할멈을 내려놓은 선창가
죄를 동여맨 짐밖에 없다

뒷짐을 지고 괜한 헛기침을 하며
손수레를 끌고 마중을 나온 수줍게 웃는 사람이 있다

임자를 못 만나 팔지 못했다며
귀하다는 하수오를 신문지에 곱게 싼
영험이 있는 약초라며 보여주는 사람도 있고

헛걸음으로 본전도 못했다며
본섬으로 굴을 팔러 갔다 오는 길이라는 사람도 있다

군입에는 상어고기 말린 것이 좋다며
입이 심심할 터이니 먹으라며
문틈으로 슬며시 밀어주고 가는 사람도 있다

산집

서포리 골짜기 집 한 채
달랑 무너져 내리는데
천장에 먹글씨
옥사대자^{屋史大者} 읍읍곤공^{悒悒坤功}

흙집에 누워 천장을 바라보며
주문을 읊었을 비나리
지붕신, 지신을 모시며 살았던 집

골짜기에 들어와 집을 짓고
항아리를 들이고 연못을 내어
신을 모시고 산 사람들은 다 정갈하게 살다갔다

나무며 돌이며 구렁이며
신앙을 받들고 살았던 사람들은
무병을 앓다
다 외톨박이가 되어서
세상을 등지고 살아가도록 되었는지

시눗대 우거진 이 집에서
들어와 살았다던
외딴 각흘도에서 살다 온 섬사람을 생각한다

무너져 내린 집에는
돌담도 못도 뒤란 맹감도
지붕신, 지신, 가까운 익포와 우포도
집주인이 살다 왔다는 각흘도라는 무인도도 다 가까
이 있다

박완섭
조정화 할머니 1

1

황해도 평산에서 13살에
어깨에 보자기 메고 물고구마 손에 들고
소풍 오듯이 피난 온

조정화 할머니는
북에 두고 오신 어머니가 언제 돌아가셨는지,
산소가 어디에 있는지
친척들은 어디에 살고 있는지
알고 싶고, 보고 싶다고 하십니다
어릴 때 놀던 집, 마을이 보고 싶답니다

이 나이에
그 까짓것
보면 뭐해, 뭐해 하면서도
보고 싶다고

기억이 있을 때
걸을 수 있을 때
한번 가보고 싶다는 고향
이산가족 상봉으로 못 만나면
고향 방문단으로라도 꼭 가보고 싶은 고향

잠시 헤어지는 것
며칠 있으면 엄마 품에 꼭 안기리라는 소녀는
백발의 할머니가 되어
고향산천 한번 가보고 싶다는
간절한 마음을 붓으로 달랩니다

꼬불꼬불 몽당 글씨 쓰듯
80되어 배우는 붓글씨

아버님이 살아생전 썼던
그 글 한번이라도 써보고 싶다고
뜻이라도 알고 싶다고 배우는

13살 소녀가 쓴 글은

아버지가 쓴
유아시절 고향별 효자앙망 통일몽입니다
(내 나이 어릴 때 고향을 떠나 통일의 나날을
우러러 바라보다 꿈속의 고향으로 돌아갑니다)

2

추석, 설날이면 모두가 가는 고향
어머니 생일날이면 미역국 앞에 앉은 가족들
그 작은 기쁨을 누려보지 못한 긴 세월

가슴에 쿵쿵 못질한
우리의 못난 시간

서로 미워하다 놓친 사랑

무덤까지 가지고 가는

내일이 아닌 내일
내 아픔

이념에 맡겨둘 수 없는
북한 탓이라는

증오만 심어놓고
나 몰라라 할 수 없는

핏줄의 그리움
끊는다고 끊어질까

분단이라는 벽에 가려져
남남이 될까

원수가 될까

꿈에도 그럴 일 없는

우리의 소원은 고향 땅을 오고가는 통일

조정화 할머니 2

할아버지 할머니
밥해 주신다고
남은 어머니

잠깐 떨어진 줄 알았던
그것이
영원한 이별이 될 줄 모른

칠십 고래희를 훌쩍 뛰어넘어
팔순 넘어 구순을 바라보는

하루도 잊은 적 없는
어머니
나의 어머니

어머니 무덤이라도 보고 싶은
어릴 적 뛰어놀던 고향

죽기 전에
꼭 가보고 싶은 고향

나이 들수록
더욱 그리워지는

눈물 마르지 않는
13살 때의 어머니와 고향

멀리서 바라만 봐도
여한 없는
그 소원 꼭 이루고 싶은

베개 밑
축축한 밤
새하얀

구순을 바라보는

13살의 소녀

철조망 앞에 꽃다발을 바치자

7·27
휴전선 앞에
꽃다발을 바치자

철조망 쳐진
아무도 건널 수 없는 지뢰밭

그래도 너를 사랑한다고

무릎 꿇고
사랑하는 여인에게 꽃다발을 바치듯

철조망 앞에
꽃다발을 바치자

정민나

백두산이 계속해서

가이드를 데리고 나온다

노란 플래카드를 들고 낮은 행렬로 마중 나온
민들레 가이드 작은 산맥을 가로질러
가지를 뻗어가는 사과꽃 가이드
민송과 적송의 경계를 알려주는 자작나무 가이드

잠깐 사이 우박이 쏟아지고
용권풍이 불어서 이상한 기류가 형성되기도 하는
백두산이 계속해서 산꼭대기를 미끄러져 내려온다

넓은 밭고랑을 두리번거리며
오락가락 하는 백두산

푸드득 날아가는 산꿩의 눈을 닮았다
깊은 골짜기를 잃어버린 산적의 마음을 닮았다

그 사이

국토의 아픈 몸을 맛사지해 주는 초록비 가이드
햇빛 속에서 사진을 찍는 양떼 가이드
고려인 주인을 종종걸음치게 하는

토종닭 붉은 가이드가 사라졌다

노루나 산양을 몰래 잡는 사냥꾼은 신고해야 한다는
산지기, 기찻길 하나를 지나가는 나그네

백두산이 계속해서 가이드를 호명한다
조선의 땅벌들 불러 모은다

마카오

물에 젖은 화물이 뽀송뽀송 말려져서 안전하게 상륙
한 뒤에도 퇴락한 옛 거리를 거점으로 삼았다

벽과 벽 사이 왕성하게 자라는 바람 동서로 불어갈 때
뜨거운 돌멩이는 뱃사람들 체취를 거점으로 삼았다

모래알은 투명한 유리로 태어나 사방을 비춘다

얼굴 뒤에 아무것도 감추지 않았지만 그 무엇도 비추
지 않는 미래의 아이들

연꽃의 광장을 거점으로 삼았다

팝콘처럼 튀겨지는 길을 펼치면 지상은 물위를 걷는다
출입문을 열면 새로 생긴 길이 열리고

울퉁불퉁한 시간이 맨들맨들해질 때까지…… 시간은
황무지에서 쑥쑥 자라는 들풀

돌을 싣고 들어온 선박은 바닥에 물결무늬 과거를 새기고 돌아갔다

둥근 돔 위에 거북이가 헤엄치고 지열을 식히는 문으로 끊임없이 방랑의 선조들 넘나든다

타이베이, 해초 캐는 여자

파도 근처에 고래가 살 듯 해저는 문득 삼천 미터 심해로 떨어집니다
그녀는 징검다리를 밟듯 그 위에서 해초를 캡니다

태양광선이 이십삼 도 기울어져 돌아가는 절벽, 水深 근처엔 가지 마라
바다가 깊은 날 어머니는 새까맣게 떨어지는 하늘에서 걸어옵니다

안심하세요 어머니, 지하굴속을 걸어 나와 봄볕을 바구니 가득 주워 담은 그녀는 모처럼 바위를 타고 흘러내립니다

그늘에는 디디는 곳마다 해초가 자라고 입술을 까맣게 문신한 이국의 여자들 낯선 간이역처럼 가지런해

거기까지 걸어 들어가 그녀는 새털구름발을 치고 촉촉한 태양을 건져 올립니다

지상은 철근을 실어 나르는 소리로 덜컹이는데 얼굴에
그림을 그리는
　　태평양 원주민이 태어나는 시간은 칠자옥 장미석······
저렇게 색깔과 무늬가 다른

　　아미족은 외지에서 피어나는 해당화입니다······ 입어
도 덥지 않은 햇볕들 반짝이고

　　물관이 싱그러운 섬사람들 징검징검 솟아오릅니다

조정인

어둠의 지문

어둠의 지문이 느리게 흘러간다.

꿈속에조차 心象이 없는 그에게 세상은 난청이 우거진
한 권의 책.

행과 행 사이 한 음조씩 깊어지는 침묵을 더듬어 양떼
를 몰고 어디로 갈까?
장과 장 사이 구름 위의 항해.

어디에 양을 놓아 풀을 뜯길까, 노을은 어디에 걸까?

그의 검은 안경은 틀나나 의족 같은 대체 기구가 아니다.
짧은 바짓단 아래 자라 머리처럼 두리번거리는 왼발이
다음 발을 뗄 때까지는
사뭇 休止가 길다.

2호선 환승역 엇갈리는 사람들 사이 개펄에 던져져 실
종된

밧줄 같은 그는,

우주만 한 수차 바퀴를 돌리느라 셔츠 등판이 다 젖었다.

시력 상실은 암흑이 아닌, 그것은 고독의 한 형태다. *

* 보르헤스, 「1983년 8월 25일」에서

큰 바보 무현 씨

죽은 자는 말이 없다지만

창밖에 새소리 맑은 오늘 같은 날엔
죽은 자의 말이 한 그루 젊은 느티나무 잎사귀로
무성하게 일어납니다

벼랑 끝 긴 그림자 하나

―담배 한 개비 있느냐, 묻던 마지막 말을 뒤로 세상
따위 저버렸던
  그날

던질 투投는 '던져지다'가 선행했다는 메모를 다시 꺼
내보며
  한 개비 담배 대신 한 소절 노래를 다듬습니다

죽은 자가 필자인 피 묻은 역사의 한 페이지를 넘기며
겹겹 파도가 밀려듭니다

새로운 파도의 시간엔 당신은 없을 거라 했던가요?
그 말은 틀렸습니다

한 시대 시푸른 파도를 밀어낸 힘이 어찌 산 자만의 것
이겠는지
새 물이랑을 밀어내고 사라진, 숨은 물이랑을 거슬러
저만치서
다시, 담배 있나? 물으며

큰 바보, 당신이 성큼성큼 오고 있습니다

이마가 환한 아침이 내걸린 남쪽 창에
반짝! 안부를 묻고 지나가는 사람 하나
치열 고른 함박웃음이 깨끗합니다

그.

#1

그. 와 그의 이미지 사이에는 쓸쓸함이라는 벌판이 있네

돌연 여자의 복판에 허공이 뚫리더니 벌판으로 가 걸리네

여자에게서 여릿여릿 하늘이 비쳤던가 찌르레기 울음 소리 들렸던가

그의 이미지는 여자가 사는 집이 되었네

리넨천으로 지은 낡고 부드러운 집

여자가 그곳에서 일용하는 양식은 햇살과 그늘 조금

그것은 다른 벌레들이 쓰는 만큼이면 족하네

쥐며느리가 등허리에 오소소 햇살을 받고 마루 틈새를 기어가네

아휴, 귀여운 것 하마터면 손바닥에 받혀 젖무덤 사이에 넣을 뻔했지

지붕위로 키 큰 해가 서뿐 뛰어내려 안마당을 거쳐 곧장 안채로 들어서네

해가 만지는 모든 것은 햇살이 되어 반짝이고 지즐대
기 시작하네

그. 라고 여자가 입을 열자

—난 본시 들판의 갈빛 바람이었다네

과묵한 갈색 티크 피아노가 중얼중얼 입을 열고

—떡갈나무 잎사귀에 뛰어내린 최초의 빗방울은 나였
다니까!

수돗물이 우쭐대기 시작하네

깔깔대며 향나무 숲으로 내달리는 4B연필을 불러 세
우네

—거기 서!

여자가 머리채를 틀어 올려 은 세공품 빗핀을 낮달처
럼 거네

벌판 끝에선 민트 향 치약 냄새가 나고

햇살의 모포에 싸인 집이 아련아련 기어가네

#2

빛과 소리는 그늘로 가 지난날이 되고 싶네
그늘은 추억이 움트기 좋은 모판

집이 우물처럼 깊었네 우물 안은 모차르트가 가득 차
오르네
집의 눈이란 눈에는 그늘이 고이네 집은 그늘에 잠긴
자귀꽃
그늘은 사위를 적시고 벌판으로 흘러가네 쓸쓸한
순례
그늘이 적시고 간 모든 것은 그늘이 되네 풀포기란 이
름 나무라는 이름의
그늘, 집 앞 전나무 꼭대기에 저녁새가 날아 앉네
저녁새가 그의 이미지, 웅덩이에 들어앉아 알을 품는
여자를 내려다보네
봉인된 그.
그와 교신이 안 되네 저녁이란 미궁 쪽으로

여자의 어깨가 설탕처럼 사르륵사르륵 허물어지네
  그곳은 모든 시간이 흘러가는 곳 혹 시간의 사금들이
쌓여 있는 곳?

  여자가 풀씨를 털 듯 치마를 털고 일어서 방마다 전등
을 켜네
  어둠 속으로 텀벙 불빛 떨어지는 소리 화아 풀씨가 꽃
여는 소리
  여자의 미세한 움직임 소매 끝에서 쩔렁쩔렁 열쇠 소리
들리는
  그 집은
  한 그루 사과나무, 추억 두 볼이 발갛네

  지평 위 집들이 앉거나 서거나
  제각기 다른 이름의 추억이 싹튼 창문을 이고 가물가
물 떠가네
  벌판 끝에서 울음 짧은 아이처럼 전화벨이 울리다 그
치네

이기인

수제비

어쩌다가 반죽 덩어리는 낳지도 않은 물고기인지도
몰라

방금 던져지고 사라지는 늘어나는 줄어듦을 저어본다

물마루에 앉은 산은 오늘도 무딘 장난을 이어준다

붙잡히고 마는 시간은 미끄러운 장애를 반복적으로
만든다

적나라하게 위임되는 슬픔은 보이는 것과 뜨거운 귀
모양으로

천천히 끓어오르는 저녁이 한가운데 사는 붉은 지붕
으로

은미한 그릇에 모으는 싱거운 눈물이 새어나오려고 작
아지는

크게 잘못하는 일이 없어도 꺼내 놓은 홀수의 그릇

납작해지는 수저가 건져 올리는 두꺼운 숨소리

불타는 의자

주운 이름으로 살아가는 아픈 나무못이 박혀 있는
나무에서 구름으로 건너가는 오래된 거품이 앉아 있는
잡아 놓은 나이테 위로 떨어지는 오후의 소용돌이
버려지고 떨어지는 매끈거리는 이음새가 너무 많은
차곡차곡 앉을 수 없어서 겉모양을 새로 깨뜨려 놓은
포근한 감정을 억누르고 볼록한 가방을 껴안은 채로
일어나는
타다 만 자리에서 피어나는 그 다음 생으로 건너가는
낯선 빛
꼬리에 불이 붙어서 꿈틀거리는 편안하고 감미로운
모두가 뒤얽힌 불꽃이 떠들썩하게 앉아서
너에게 그림자를 드리울 것이다

이루어지도록

시는 어떻게든 죄의 몸에서만 살려 하고
아무도 말도 없는 곳에서 당신을 찾아내고
건너야 하는 징검돌은 시의 한 살을 붙들고
어디로 가고 있는지도 모르고 밀어서 앞세우고
잊어버린 것을 잃어버리고서 두리번거리는
곳곳에 있는 것들이 하얗게 이루어지도록
이제 남은 것으로부터 모든 것이 하나로도
섬세하게 넘어져 있는 것과 얽혀 있는 것으로
일치하지 않는 일들이 몸소 지나쳐오도록
하루는 하루의 시와도 비겨도 좋아지도록

김명남

브라보 마이 라이프*

증후군이라 불리는 수많은 증상들 중 한 두 개쯤은 달고 사는 우리는 나로 사는 게 지겨울 때 때로는 너로 살았으면 하지만 그마저 뜻대로 되지 않아 한 식구 분의 피로가 가득 담겨 있는 방 안에서 밥 한 술 뜨며 꼼짝없이 눈만 껌뻑이며 오늘이 어제이고 어제가 내일인 시간과 시간 속에 질펀하게 스미는 지겨움을 어떻게 맞이하고 환영할 것인가에 대해 숨 막히도록 생각하고 또 생각하면서 나이 먹어도 우리의 모서리는 왜 닳지 않고 그대로인지 나무가 왜 둥글게 나이테를 만드는지 지금의 밑바닥을 밑바탕으로 바꾸는 바깥과 안쪽이 따로 있는지 그 경계에 가닿고 싶은

오, 즐거운 인생!

* 봄여름가을겨울의 노래 제목에서 따옴

투명함이었다

깊어진다는 것
겹겹이 쌓인 시선 안쪽
수만 볼트 전류로 흐르는 순간
소용돌이로 젖어
산란을 꿈꾸며
정면과 정면을 서로 포갠다는 것
영원을 낳는다는 것
빛을 맞이하려 새의 자세로 이 밤을 지켜야한다는 것

갸륵한 다짐이
무게와 부피에 다가가면 왜 싸늘해지는지
왜 한없이 흔들리는지
왜 소실점으로 귀착되는지
한 움큼씩이라도 다가갈 수 있었던 때
달려간 곳은 끝내 결핍의 벌판
영원할 것 같았던 눈빛들 모두 가엾어라
밤새 건져 올린 찬란한 명랑을 붕괴 속에 가두고
하늘이 찢어진, 지난밤들은 잊기로 한다

그윽해진다
투명해진다

흘러가는 것들 흘려보낸다
떠나가는 것들 떠나보낸다

완벽해진다는 것

1

청춘을 담보로 감정을 함부로 휘두르던 시절은 갔다
감정은 온갖 병에 휩싸였고
허울은 지친 영혼을 꿰뚫었다
생밤 같던 시간
그 시간을 구부려 감히 생의 주름을 펴려 하다니

낙엽에 마음 흔들릴 때는 지났다며
눈가에 맺힌 물기를 지우라고 한다
잎새가 가을을 채워주리라는 여름날의 약속도 잊으라
고 한다
휘어진 길 등성이에서나마 짧은 식사라도 챙기며
스스로를 밝히라고 한다
다가올 이별과 악수하라고 한다
입덧 같은 길을 달려가 매달려도
노래는 더욱 쓰디쓸 것이며
직선은 결국 곡선이 될 거라 한다

그러니 이제
곡선으로 한눈팔겠다
곡선으로 옆길로 새겠다
상냥함을 하나씩 하나씩 팔아야겠다
다정함을 하나씩 하나씩 흩트려야겠다
언제나 싸움은 나의 싸움이었고
눈물 없이
이제 그만 소년을 놓는다
나가지 않겠다고 뻗대고 있는 소년을 버려야겠다
마구마구 내다버려야겠다

2

겨울 잎새처럼 바스러질 듯 마른 빛깔로 너에게 간다
소태 씹은 눈빛으로 나무껍질 되어 네 앞에 나타난다
너의 촉촉함으로 나의 건조함을 태우려

오천 년쯤 됨직 한 달빛을 뭉쳐 너에게 간다

나의 여윔이 달의 소행쯤으로 치부될 수 있도록
내 신음을 매만져다오
조붓하면서 드넓은 너의 안에서 맘껏 버무려지도록
내 뾰족함을 다듬어다오
언어의 뼈를 곱게 빻아
서로에게 젖으려 날개를 우아하게 펼쳐 보이지만
결국 밀어 넣는 것은 날개로 할퀸 자국뿐
표정을 꿰매고 또 꿰매 낯설음을 어울림으로 바꾸는 것
흔들면 흔들리고
잡으면 잡혀주마
굳건하던 동공이 잠시 움찔해도 손을 놓지 않는 것
그늘에 버려진 절정을 카타르시스로 되살리는 일
볕을 보태 그늘을 떠받치는 일
모두 전율이다

3

서성이고 싶지도 맴돌고 싶지도 않았다
다만 그날그날 달라붙는 고단함 속에서도
미처 가보지 못한 방향으로 자꾸 시선이 갔다
겨울이 닥치기 전
잎 지는 짧은 가을볕이라도 쬘까 싶어
그 방향으로 탈주를 감행했다
가슴 두근거린 것도 잠시,
결국 붙잡혀 되돌아왔다
평온을 흠집 내는 건 예견됐던 일
내가 온전히 나였기를 바란 게 무슨 큰 잘못인양
그렇게 내 끝물의 시작은
그 누구에게도 응원받지 못한 채 미완의 기척만 낳고
장렬히 죽어갔다
그나마 한 가지 다행인 건
우리는 서로에게 돌팔매질하듯 말을 아무렇게나 집어
던지지 않았다

4

내가 잊었었다
겨우겨우 안고 있던 돌덩이를 내려놓지 말았어야 했다
찬바람이 흘러내리게 틈을 유지해야 했다
아무리 밤하늘에 별들이 출렁거려도
눈 뜨지 말고
멈추지 말고
절뚝거려야 했다
내가 순간 풀어졌었다
사랑이, 허기를, 달래주리라
내가 짧았다
난 병실이었고 넌 환자였다
퇴원 환자는 병실을 궁금해하지 않는다
그렇게 잊혀지겠지
아니 간직되겠지

난, 사랑 같은 건 믿지 않아

단지 연애를 믿을 뿐
어쩌면
잊혀지는 것도
간직하는 것도 내겐 어울리지 않네

5

악이 평범하다면 선은 특별하다는 것
세상이 얼룩진 건 특별함이 부족해서인가
평범함이 넘쳐서인가
빨래 마르는 소리조차 비명으로 파고드는 완벽
화려함에 갇힌 허름함

마지막 언덕바지려니 했던 우듬지에
앓고 또 앓던 가슴앓이가
도드라진 능선으로 펼쳐지는 게
우리 사는 모습 아니겠냐고

순간순간이 절실함이었다고
난폭한 시간 앞에 어떻게 절실하지 않겠냐고
절실함은 있음과 없음이 한몸임을 분명히 한다

6

너의 파도에 나의 뱃전이 흔들린다

박인자

비눗방울

그들이 방울방울 불어나다가 스러진다
요정의 마술처럼
한 편의 동화처럼

빙그레 즐거운 웃음을 흩날리다가
초롱초롱한 눈망울 깊어지다가
소년의 장난처럼 구르다가 엎어지다가

한 아이 머뭇거리며 무대 앞에 걸어나온다
신기한 그들을 감지하기 위해
그들은 여리고 투명하게 오랫동안 불어나고 싶어한다

연두색 기쁨 위에
금빛 그물 밑에
그들이 역동한다

꿈꾸는 벌레들?
버블버블스 tra~la, tra~la!

부풀어오르는 설레임 그 몇제곱

부풀린 비눗방울 속에 소녀들이, 투영되고 미끌어진다

사진 속 7
— 旅程

해미읍성 사월을 찍으러 갔다
봄바람이 유채꽃을 흔들고 있다
냇가를 따라서 사람들이 읍성으로 들어가고
그 옆 노인이 뒷짐을 지고, 또 다른 노인은 지팡이를
짚고 느릿느릿 걷고,
그들이 걸어가는 길 끝에 교회 뾰족한 첨탑이 있다

한 발짝 한 발짝 초점을 맞추려고 움직이는 사이
작은 새 몇 마리가 푸드득 날아간다
오래된 나무 밑둥에 돌무더기에 햇살이 눈부시다
할머니가 방문을 열고 바짝 마른 고구마 몇 개를 건네
주신다

성에는 오색 깃발들이 나부끼고,
마당에서 아이들이 굴렁쇠를 굴리고 있다
공중에는 가오리연들, 방패연들이 팔랑거리고……

위대한 유산*

#1

물새 끼룩대는 외딴 강가
작은 배를 탄 소년이 있었네
그 소년은 필통을 만지작거리다가 연필을 꺼내서 그
림을 그렸다네
소년은 별 모양의 불가사리와
주둥이 벌린 물고기를 그렸다네
그 등 뒤로 물살이 세월처럼 빠르게 흘러가네
분수 사이로 느닷없이 첫사랑이 모습을 드러냈다네
그녀에게 그 순간 빨려 들어갔다네

#2

어느 날 찾아온 그녀가 그의 앞에서 옷을 벗네
그는 부시시한 얼굴로 그녀의 알몸을 그리고 또 그
리네

어릴 때 같이 살던 죠 아저씨의 얼굴을 그렸고
바닷가에서 본 무서운 죄수의 얼굴과 쇠고랑 찬 발을
그리네
그의 전시회는 화려하게 끝이 났지만
그녀는 갔네
(발목을 간지럽히던 그 강물
그것은 노랑 또는 빨강 꿈이었다네)

그는 낙담한 배처럼 떠다니네
초록의 푸르름이 그의 뒤에서
빠르게 흘러가네

수면 위 물무늬 들이 시시각각 다른 빛으로 떠오르
더라

푸름과 짙푸름이 수평과 수직으로 교차하면서

세월이 흘러갔다네

* 영화 〈위대한 유산〉 중에서

조혜영

밥

단식농성 30일 차 지회장님
고공 아치에 올라 있는 두 노동자
저녁밥을 가지고 가 인사하니
오늘의 메뉴를 묻는다
콩비지찌개, 두부조림, 꼬막무침
입가에 미소를 흘리며
콩비지찌개엔 묵은김치 송송 다져넣고
비계 두툼한 돼지고기 넣어야 제격이라며
침을 꿀꺽 삼키신다
매운 낙지볶음에 소주 한 잔 생각난다며
녹차를 홀짝 마신다
드럼통에 장작불 활활 타오르고
밧줄을 타고 저녁밥이 허공에 오른다
투쟁문화제도 끝나고
몇몇은 눈 위에 포개진 침낭 속으로 들어가고
밤새워 농성장을 지키는 몇몇은 드럼통에 둘러 모여
담배를 피우며 발을 녹인다
빈도시락 통 들고 눈길을 걸으며

집으로 돌아오는 길
발바닥이 뜨겁다

보릿고개

진도대교 건너가니
너른 벌판에 펼쳐진 청보리밭
넋을 잃은 채 누렇게 익어갑니다
어릴 적 굶주림에 횟배 앓으며
넘어가던 보릿고개를
단원고등학교 어미 아비들이
하늘이 노래지다 까무러치다 꼬꾸라지다
넘어지다 비틀대며
학살의 고개를 따라
진도로 팽목항으로 맹골수로로 갑니다

개발의 가면을 쓴 독재자 아비와
독재자의 딸이 대를 이어
갈기갈기 찢어놓은 전라도 땅을
노오란 생명줄을 움켜쥐고
보릿고개 학살의 고개를 넘어 갑니다

이 고개 넘으면 누우런 벌판이

이 고개 넘으면 청명한 하늘이
아!
이 고개 넘으면 검푸른 바다
통곡의 바다 죽임의 바다……. 바다!
긴 세월 가난을 운명이라 생각하며
순하게 살아온 단원고등학교 어미 아비들이
오늘도 몸부림치며 이 고개를 넘어가고 있습니다

얼마나 많은 눈물을 흘려야
얼마나 많은 날들을 견뎌야
아이들의 맑은 눈빛을 만날 수 있을까요?

보신탕집

힘깨나 쓰게 생긴 사람들이
몸보신 하러 보신탕집에 들어간다
기름기 충만한 낯빛의 사람들이
비릿한 웃음을 달고
보신탕집에 들어간다

우락부락 근육질 사람들이
이쑤시개를 물고
보신탕집에서 나온다
자글자글 끓어 넘치는 콘크리트 바닥에
한 종지의 가래침을 뱉으며
영양탕 한 그릇에 저마다의 기운이 요동친다

류 명

안정기

시의원에 출마하는 그는 아는지 몰라
그가 선거구로 주민등록 옮기던 날
난 동사무소 맞은편 구멍가게 담배 사러 들어갔지
어두운 가게 안, 빼곡하게 쌓여 있는 자잘한 물건들
주인은 내게 관심 전혀 없더라구
턱으로 가리키며 내게 꺼내라더니
머리 숙여 초록 테이프 연신 구리코일에 감더라니까
형광등안정긴데 한 개 품삯이 오 원이란 거야
오십 원 아니냐고 난 되물었고
하루에 이천 개 조금 넘게 마무릴 한다는군
계산대에 꽂아 놓은 굵은 칼날
테이프 들이밀어 툭툭 끊는데 그 빠른 손놀림이 귀신
인 거야
안정기 열심히 만드시는데, 삶은
안정되시는지 물었더니 아줌마들 큰 소리로 웃더군
안정적으로 일거리 이어지는지 다시 물었더니
그제야 언뜻 고개 들더군

봄밤 장례식장

아녀, 이 사람. 샷따문 내려불고 인자 파장하드라고
객일랑 보내불고 즈기 시내 나가 한 잔 더 하잔 말시
자네 엄니 낼모레면 세상 아조 떠나는디
찐허게 마시 골랑 어찌케 하야 안 컸능가
택실랑 돌려보내랑께 난 발인까징 다 보고 갈 팅께

아이구 성님 그랑께 인자 가시능 게 도와주는 거랑께요
낼 또 손님 받을라믄 눈 좀 붙여야 안하것시요

아, 그람시로 검은 상복 장정들이 날 끄잡아 차에 태
워부는디
  앞자리선 하얀 소복 여자 둘이 내게 손짓하는 기여
  집까징 고히 모셔준담서 씩 허니 웃는디, 어쩌 것능가
  하난 딸이고 또 하난 그 집 자부인디, 아 글씨 그 새벽에
  소복 차림 여자들랑 들라이브를 했지 안 컷나
  그넬랑 술 냄새 푹푹 풍긴 사내가 징하긴 했것지만
  내사 기분이 얼마나 거시기 했것는가

혀간 오늘 또 가야 겄네. 가설랑 말시 아예 자빠져 누
울 끼여

귀동냥 듣기론 그 집 딸 홀몸인가 어쨌타나

앞 거울 슬쩍 훔쳐보는디 인물 갸름허니 곱상한 게 있
는 기여

픽픽 운전댈 꺽어대는 디 손목 아조 가늘었단 말시

혀간 오늘밤 또 가야 것당께, 이참엔 아조 자빠져부러
설랑

애고 애고 아줌니 날 좀 어찌케 곡이라도 해야 것단
말시

뒷바퀴가 앞바퀴를

한참 지나 자전거를 새로 샀네. 녹슨 자전거네
편의점 가는 길에 삐걱 삐걱거리는 낡은 자전거
말년의 내 아버지 뻑뻑하던 관절 같네
아버지의 무수한 여자 축 처진 골반 같네
그녀들 또 다른 사내 듬성듬성한 머리숱 같네
그 사내의 다른 여자 구부러진 허리 같네

길을 달리네. 집에서 멀어지며 가벼운 마음
시큰거리는 무릎 힘주어 뻗어보네
반환점이 없는 길, 무작정 집에서 멀어지며
아버지의 집. 그 여자의 집. 그 여자의 사내의 집
에서 멀리 멀리 멀어지며
한번쯤 안장에 올랐던 사람 차례차례 내려드리네

왜 자전거는 뒷바퀴가 묵직하지? 앞바퀴를 밀고 가는
뒷바퀴
  페달 힘껏 밟으며 길을 달리네
  엑스 자 바큇살이 하얗게 지워지네

살과 살 하나되어 보이질 않네

따르릉 따르릉

헐렁헐렁한 자전거 가을바람의 언덕을 넘네

최기순

무의도 舞衣島

짙은 안개를 뚫고 바라보면 말을 탄 무사가 옷깃을
휘날리며 춤을 추었다는 무의도

지금은 안개 대신 햇빛이 농염하다 오래 벼르다 멀리
서 찾아와도 춤추는 무사를 만나긴 쉽지 않다는 것 파
도는 전설 따위 기억하지 않는다 오래된 연인처럼 쓸쓸
한 모래 둔덕을 조금 탐하다 갈 뿐

이 섬은 처녀들과 혼례를 치를 수 없는 오라비나 삼촌
들밖에 없는 집성촌, 춤추는 무사의 형상은 모호하지만
매혹적이어서 처녀들도 무사의 옷자락을 찾아 마을 밖
으로 사라져 버렸다고

실하게 올라오고 있는 텃밭 마늘종을 두고 집집마다
대문에 자물통이 잠겨 있다

아 저기 신세계 관광버스가 들어온다 진퇴양난 무림의
날들을 살아내느라 지친 사람들 모래밭 위로 와자지껄

쏟아진다 저들도 단칼에 적군을 베어버릴 무사가 필요
한가보다

　무의도는 무의도일 뿐 무의도에 와서 무사를 찾는 일
은 파도에 씻겨 유골만 새하얀 굴 껍질 휘파람 소리만큼
허망하다

　무의도는 모래에 발을 푹푹 빠뜨리며 무의미하게 멀리
오래 걸으라는 뜻이다

주홍의 내력

여자는 북극성처럼 먼 이름을 자주 만지작거렸다

눈을 감으면 주홍집시나비가 산다는 깊은 침엽수림의
싸아한 냄새 백야와 오로라 여우 잡이 사냥꾼의 담뱃불
이 멀리 깜빡거리곤 했다

희고 창백한 얼굴의 무거운 침묵들과 전나무 숲을 덮
으며 소복하게 내리는 눈 움푹움푹한 발자국을 남기는
덩치 큰 곰의 행보 반짝이는 눈의 입자를 스치며 걸어가
는 여자 애들의 패치코트가 주홍집시나비의 날개 아래
살아났다

까짓것 주홍짚시나비쯤 얼마든지 보여주겠다는 남자
를 만나 머리를 나란히 눕히기 시작했다 뒤통수가 납작
해지도록 함께 누웠지만 누우면 누울수록 주홍짚시나비
는 희박해져갔다

신중한 신발들은 침묵했으나 온기를 잡아두지 못하

는 얇은 지붕은 앙상한 나무 그림자를 현상하고 처마
밑 고드름만 길게 키웠다 언 모서리들은 자주 부딪쳐 유
리 도자기 그릇들은 날카로운 비명을 질렀다 애써 침대
와 식탁보를 바꿔 깔아도 불안은 공기의 표면들을 단숨
에 거머쥔다

　체념의 평화가 옷자락을 끌며 거실을 거닐 때 사방격
자꽃무늬 벽지도 지루해 모래시계를 뒤집어놓고 깜박 졸
음이 오는 오후

　오래 잊고 있었다는 듯 베란다의 제라늄이 주홍집시나
비를 흉내 내며 화들짝 핀다

꽃피는 밤

봄비 소리로 어둠이 적셔지는 밤 무수한 꽃눈들이 앉을 자리를 더듬는다

서로를 향한 맹렬한 유혹 알 수 없는 이끌림에 눈감고도 제자리를 찾아 맺히는 분홍빛 유두들

추억의 노래를 불러라! 여기저기서 복면을 벗는 딸들 꼭 물린 입술을 뚫는 첫 모음 눈부시다 지나간 생이 새 육체에서 태어나는 기쁨

깜깜한 봄밤은 아늑하고 꼭 맞는 요람이지 무한 반복의 자기 복제 최면에 걸린 듯 부풀어 벌어지며 만개하는 꽃

지창영

점화

화장장 소각로에 불꽃이 인다
불꽃을 잠재우는 마지막 불꽃
분사구에서 화염을 뿜는 로켓이
하얀 얼음 소복을 떨치고 솟아오른다

친구의 관은 산처럼 무거웠다
장갑 낀 손에 하얀 눈발이 젖어들고
걸음 걸음 발바닥은 뿌리가 깊었다

조각배 위에서 몇 줌의 재를 뿌리고
거수경례로 하늘을 보면
천 근 등짐을 내려놓고 멀어지는 위성

눈물을 살라 불꽃을 내뿜으며
견고한 중력을 박차고 솟아
단숨에 대기권을 뚫는다
저녁 하늘에 별자리의 전설이 추가된다

행성들의 조우

마지막 출항한 여객기가
하늘의 한 점으로 빛날 때
아파트 방음벽 아래
산책길로 두 남녀가 스쳐간다

빨간 립스틱 타오르는 청춘의 별을
그림자 앞세운 런닝화가 따라가고
희끗한 머리칼 날리는 중년의 별을
책 든 그림자가 뒤따른다

8차선 도로에 은하수가 흘러간다
빨갛게 파랗게 점멸하는 별들 아래
가끔은 불꽃이 튀며 폭발하는 우주
급브레이크는 꼬리를 남긴다

바알갛게 익은 유성이 눈동자 속으로 빨려들 때
나는 왜 지평선만 바라보고 지나쳐 왔던가
지구 반원의 황금빛 원호를

머리 위에 얹고 발그레 웃던 그녀

허공에 남겨진 향수에 취해 고개를 돌리면
나풀거리는 머리칼을 끌며 멀어지는 혜성
은빛 머리띠가 초승달로 빛난다

지는 해는 떠오르는 별이 고맙다
빨간 입술 사이로 가지런히 빛나는
상앗빛 이의 대열이 믿음직해
하나의 행성이 죽어도
우주는 운행을 멈추지 않을 것이다

스쳐간 인연들이 원소로 가득한 공간
증가도 없고 감소도 없는 우주의 오솔길로
주름살 깊은 저녁 해가 서재를 찾아 걸어가고
볼우물 깊은 샛별이 이륙장으로 달려간다

피아골에서

들풀도 밤새 울었구나

새벽 신명神明에 집혀
길을 나서면
소리없이 발목을 휘감는 눈물들

한恨 서린 가슴 서러워
밤안개 휘장에 숨어 흐느끼다가
젖은 눈으로 맞이하는 여명

풀 한 포기 젖히면
전쟁의 상처가 배어 있는 황토

광풍에 목 떨군 자식이 서러워
단풍도 유난히 붉은 피아골

아침을 맞지 못한 이들 서러워
피맺힌 잎새 하나 둘

떨어져 눕는다.

김경철

외우면 잊는다

꽃은 나리면서
춤을 추는가
칼춤을 추는가
본국검법을 시연하고 있는가?
부분이 전체와 만났을 때
하나다.

하나, 하나는 구분된다. 그 구분을 연결하고, 하나가
되게 한다. 하나는 춤이 된다. 하나는 꽃이 된다. 찌르
고 베고 돌아서 막고 돌리고 겨누고 다시 벤다. 하나, 하
나가 구분된다. 그 구분을 연결하고, 하나가 되게 한다.
하나는 춤이 된다. 하나는 꽃이 된다.

외우면 잊는다.

옥상에 올라 나는 외운 것을 잊었다. 그리고 하염없이
슬퍼졌다.

114

플래시램프

말은 오해의 별에서 왔을까? 플래시램프 불빛 아래 웃고 울고 찡그리고 무표정한 얼굴이 걸어간다. 오랜 침묵이 빛나는 밤은 아름답다. 마주 잡은 손에서 아이스트림이 녹아 영원을 잃어버린 햇살이 될까? 나는 잃어버린 햇살을 잡아본다. 마음이란 적색외성이 폭발하고 나면 눈에선 눈물이란 초신성이 생겨나는 것일까. 파편, 블랙홀, 눈에 보이지 않지만 있는 암흑물질, 그리고 망각. 나는 있는데, 우리가 없는, 혹은 나조차 없는, 지금 이곳이 떠돌고 있을 저 우주는 아직도 윤회의 고리를 끊지 못하고 있을까. 내 망각의 궤도를 돌고 있을 너, 절벽이 스스로 머리를 찧어 만든 메아리는 소리를 만든다. 가장 환한 웃음이 가장 슬픈 표정이다. 돌아가야 할 곳이 아니라 돌아온 곳이었다. 마주 잡은 손에서 아이스크림이 녹는다. 눈물이라면 너무나 질퍽한, 달콤한 키스라면 너무나 차가운 햇살이, 지나치면서 지나친 줄 모르고, 스쳐 간다.

뜀틀

뜀틀을 넘을 때마다
나는 한 마리 새가 된다

이때만큼은 양손이 부끄럽지 않다
―발톱을 숨기지 않아도 된다

뜀틀을 넘을 때마다
나는 천년 절벽을 오가는
그 옛날 신선이 살았다는
끝이 닿지 않는 지상을 떠올린다

살아 있다는, 자유롭다는

나는 뜀틀을 넘을 때마다
팔다리가 푸드덕거린다

날고 싶다는

내 안의 본능을 일깨우는
작은 발판이 저기 있다

한번 구르면 영원히 사람으로 돌아올 수 없는
경계가 저기 있다

바람의 어깨를 걸머쥐고 가는 저기 저 새가
나를 돌아본다

눈알의 시신경을 일깨우는 돌직구는
눈물인가 매인가

심명수
모란앵무 뚱

횃대에 있었지
거꾸로 그네를 타고 있었지
양 날개를 번갈아 기지개를 켜고는
정신없이 울어대기 시작했지

부리로 창을 쪼고
창을 물고
거미처럼 기어 다니고 있었지
내가 현관문을 들어설 때였지

너의 하루는
어린 날의 기억을 떠오르게 했지
단란한 가정이라 생각도 했었지

문을 열어주었지
너는
나의 가슴으로 후루룩 날아와 앉아 있었지
사랑해

참새, 수묵화첩

그 방은 참새 외에 텅 비어 있었다.

문이 없지만, 창이 없지만, 천장도, 바닥도 구분 없는 텅 빈 그 방에는 참새 두 마리가 살고, 참새 세 마리가 살고, 그 방에는 참새 한 마리가 살고, 그러므로 그 방에는 참새 세 마리가 살고 있다. 방은 하나였다.

참새 한 마리 반이 틀 밖으로 이탈을 했다. 틀 안에는 한 마리 반이 그대로다.

안 되겠다 싶어 다시 어제의 방으로 넘기자, 어제가 함께 넘겨진 그 방에는 다시 참새 세 마리가 있다. 한 놈이 추후에 들어왔기 때문이다. 다시 어제 어제의 방을 넘기자 참새 두 마리가 있다.

참새 한 놈이 나가서 방앗간에 갔다 왔는지 슈퍼에 다녀왔는지 아니면 알이 꽉 찬 잡벌레를 실컷 잡아먹고 왔는지 알 수가 없다. 참새는 참새의 말을 하고 나는 참새가 아니므로 참새의 뜻을 모른다.

창이라면 창이 하나요, 문이라면 문이 하나요, 천장과

바닥이 구분이 없는 방

참새 두 마리가 나가서 시소를 타고 왔는지 싸움질을 하고 왔는지 아니면 아이스크림을 먹고 데이트를 하고 왔는지 나는 하도 궁금하여 참새에게 물어보려 했지만 참새는 참새라서 나는 참새가 아니라서 두 참새의 행동 거지를 알 수가 없다.

참새 한 마리는 참새 두 마리가 나간 후 심심했는지 그들이 어딜 다녀왔는지 뭘 먹고 왔는지 관심이 조금이라도 있는지 없는지를 나는 알 수가 없다. 분명한 것은 그 방에는 참새 세 마리가 있었다는 것과 지금은 한 마리 반밖에 없다는 것

나는 참새들이 하도 관념적인 놀이에 필묵을 가져다가 먹물을 흠뻑 빨아 나무를 심고 난을 치듯 툭, 툭 끊어서 나뭇가지를, 나뭇잎을 그려 넣었다.

한전에서 허락하든 말든 나는 전깃줄을 마구 끌어왔다. 다섯 가닥 모두 팽팽하게 전류가 흐르는 전류를 타

고 내일의 방으로 참새들이 날아왔다. 나뭇가지가 그새 자랐는지 전류를 튕기자 그제서야 참새들이 재잘재잘 쨋쨋, 쨋, 쨋, 쨋거린다.

이제야 참새들의 속내를 알 것 같았다. 덤으로 오늘 그 방에는 빨간 열매가 열릴 것이다.

코스모스 주유소

잠자리 날아오르자 수혈을 마친 코스모스 목이 뻣뻣
하다

밀집된 파란 하늘
가을은 숨 가쁘게 달려와 지상에 부려놓는다
무법의 항로에서 몰려드는 순차적 자유낙하
낙하지점은 배럴 당 값을 흥정한다
선불리 내려앉지 못하는 잠자리들

고추잠자리 빨간 점멸등이 가을을 속태운다

사색의 비행술
낙엽은 순풍의 저공비행 중이다

구부정한 허리를 곧추세우며
아무리 호객행위를 해도 바람의 단위로
치솟는 나의 가을을 누그러뜨리지는 못한다

달구지 끌고 가는 달팽이
어디쯤 가서 빈곤을 부려놓을는지
바람이 풀섶을 휘저을 때마다 빈곤이 울어댄다

달팽이 경제를 지고 유턴지점에 있다

이성혜

아직, 있었다

햇순 닮은 연두색 커튼을 통해 햇살이 엎어진 방 안,
오지도 가지도 못하는 시간이 풍경인 듯 누워 있다

20여 개 되는 약을 가루 내어 튜브에 넣고 흔든다
물결에 흔들리는 해초 같은 몸을 붙안고 입 밖에 내지
못한 말을 녹이듯 방울, 방울 떨구어 넣는다

한 겹 한 겹 꿰매오던 생의 조각보를 걷으며, 의식의 모
서리를 붙안고 바깥으로 더듬어가는 시간
며칠 전 바람이 아득히 배인 맑은 눈을 끊임없이 마주
치며
어에야 미안해 굳어가는 혀의 말을 딸이 들었다

수십 년 병상을 털고 일어나고 또 일어나던 호흡이 점
점 멀어져간다
움직임이 사라지고 말이 떠나가고 감정들마저 의미를
잃고 흩어져가고 있는 그곳 어딘가,
아직 그니가 있었다

물소뼈빗

이와 저의 잇새에서 물소 뿔이 붉어진다

적을 물리치고 기진한 장수처럼, 둔중한 生의 갑옷을
벗어버린 뿔

나 요양병원 가면 안 돼? 돈 많이 들어?
중력 잃은 기억이 입술을 연다
어디에서 온 걸까?
삶의 대부분이 봉인된 말간 얼굴의 물음은!

창밖 샛노랗게 내려앉은 은행잎 위로 물음이 뭉개지고
있다

팔십육 년을 담는 가방에 애용하던 빗을 넣는다

험한 生을 사는 물소는 독이 뿔로 몰린대
물소뼈빗으로 하루 백 번 이상 머리를 빗으면 독이 독
을 몰아내서 몸이 건강해지는 거야

물소 뼈로 독을 몰아내도 고장 난 그녀의 시계는 밀림의 넝쿨처럼 함부로 엉켜가고

　옆을 지키던 딸은 쉬 낫지 않을 그리움을 바람에 새긴다

소통과 불통으로 달리는 버스

친구 만나러 가는 길, 적조했던 이의 문자를 받는다

내게 안부 주는 이 엄마밖에 없는데 생각나서요
엄마, 안부라는 단어에 차 안이 미세먼지 번지듯 부해
진다

빨강 파랑 노랑 초록 빨강 파랑 손잡이가 번진다, 흔들
린다

나오는 길에 가족부 등본을 가지고 가 엄마를 해지했다
등 돌려 들어간 저편 문을 삭제하듯!
익숙한 11자리 숫자는 목적지를 잃고, 오전 오후 눌러
보던 호출음도 생소한 목소리에 놀라 끊게 되겠지

빨강 파랑 노랑 초록이 번진다, 흔들린다
시선 저편 손잡이 두 개가 부족하다

부족한 손잡이가 지우지 못하는 번호처럼 낮게 신음을

흘린다,

　문자가 온다, 혹 늦으면 메트로 미술관에서 감상하고
있어
　친절한 언어가 번진다, 흔들린다

　버스가 달린다, 밥 산다는 친구가 기다리는 경복궁역
을 향해

이설야

난민

—홍몽 2

카자흐스탄

그곳에서 왔다고 했다.

그녀는 남편에게서 탈출하려고 답이 80개가 넘는 문
제를 풀어야 했다.

그러고도 칼에 찔렸다.

피를 흘리며 뛰어내린 열차에서 간신히 살아남아 달리
고 또 달렸다.

남편은 그녀의 뒤를 쫓아 달리고 또 달렸다.

속죄하지 마세요.

당신은 영원히 벌을 받아야 해요.

그녀는

바람이 수상하니 해변을 어서 다 받아 적어야겠다고
생각했다.

오늘은 어제보다는 달이 찌그러졌네요.

당신들이 한 말이 흔들리다가 등을 돌리네요.

카자흐스탄에서 도망친 그녀의 발밑은 저수지
천막극장으로 들어가는 문 앞에 난민들

문
앞문 옆문 뒷문
모두 닫아도 자꾸만 들어오는 그녀와 난민들

제발 용서하지 마세요.
여기 절망과 절벽을 더 가득 부어주세요.

죄만 남은 몸들이 검은 물이 되어 흐를 때

아직도 그녀는 물속에서 도망치고 있어요.

비밀

안개를 게워내고 있었다.
밤이 혼자서,

희미한 상점들
발목까지 다 잠겼다.

전봇대가 기르던 그림자 속에서
은빛 물고기가 튀어 올랐다.

흔들리는 공원 숲으로 사라진 검은고양이
나도 그 발자국 따라 숲에 들었다.

물컹물컹한 것을 밟았다.

다행히

똥이었다.

봄의 감정

봄날,
죽은 등을 갈아 끼운다

불 꺼진 영혼 다시 깜박인다
검은 나뭇잎들 흔들리는 봄의 가장자리

아침마다 죽은 문패들이 바뀐다
집을 버린 문패들은 옛 애인처럼
그렇게 멀리 가지는 못할 것이다
검은 유리들은 계속 만들어지고
고양이들은 밤의 감정을 노래한다

서랍 속에서 잠자는 못쓰게 된 달력들
삼월에 내리는 눈처럼 봄을 망쳤던 시계들
몇 년째 죽지도 않는 어항 속 회색물고기 같은 것들

봄날,
아무리 지워도 지워지지 않는 얼룩들, 과욕들

꽃피우려 해도 피지 않는
벼랑 아래로 자꾸만 굴러 떨어지는 검은 나뭇잎들
아직 다 가보지 못한 당신 같은
언젠가 당신의 장례식 같은
봄의 감정들

봄날,
죽은 등을 갈아 끼워도
꽃이 피지 않는다

김금희

틈

침대를 타고 가던 흰나비 한 마리

여름 한 날을 하얗게 펄럭인다

스카이라인은 주가가 폭락하거나 말거나 불황이 없다

차용증 하나 없이 햇볕을 밟고 블록 쌓기에 골몰해

있다

장대높이뛰기 선수처럼 더 높이 더 높이를 외친다

어느새 정글 숲이 되어버린 건물, 들

틈. 햇살보다 주름살이 더 많은 원주민은

빛보다 볕에 목마른 사람들

그 언제 침대를 탄 채 당당하게 일광욕을 해보겠는가

펄럭이는 빨랫줄 사이사이 소박한 무지개를 걸어보겠

는가

지친 삶 두 눈 가득 하늘을 넣고 들판에 누워보겠는가

도시의 삶이란 늙은이들의 햇볕을 옥상으로 밀어 올려

플라스틱 박스나 스티로폼 박스에서 아슬아슬하다

퍼드덕거리는 정오, 녹슨 계단 따라

삐걱삐걱

좁은 창으로 들어온 수리되고 싶은 햇볕

안으로 안으로 그리움 닫아걸고

옥상과 옥상을 탐닉하는 한 마리 하이에나가 된다

바람의 무진

우리는 바람의 순례자
바람의 갠지스를 찾아 떠난
처음도 끝도 없는
존재 아닌 존재로서
여기에도 없고 거기에도 없는
그를 찾아,
고단한 몸 하늘에 실었다
한 줄 역사도 없고,
한 마디 언어도 새겨진 바 없는
무진의 여기,
바람을 가르는 말발굽에 마유주를 들이키며
유목의 탈을 써 보지만,
반세기 이상 정착민의 소유였던
육신의 DNA가 충돌을 일으킨다
어떤 삶의 근원이 여기 있다는 것일까
풍경과 바람이 독대한 밤
독수리 날개 소리, 젊은 아르간의 뿔 가는 소리
늙은 낙타의 슬픈 웃음이, 은빛 여우의 착한 거짓말이

떨어지는 유성이 일으키는 모래바람에 묻혀

간신히 사선으로 전파를 탔다

우리는 재생될 수 있을까

비열한 아픔이 방안을 파고든다
맑았던 하늘에 구름 낀
타다 남은 재 같은 가슴에
제도 속 아픔들이 술술 입술을 턴다
흐르기 위해 물은 가지만,
넘어가지 않으면 안 될 산이 목줄 타고
심연에 잠긴 응어리진 침묵이
강둑 터지듯 목이 터져라 토설한다
밤이 길어 아픈 짐승이다
낮이 길어 슬픈 짐승이다
울부짖는 짐승들 오늘 아니, 내일
처음처럼, 사이좋게 알코올에 빠져든다
아름 따다 가실 길에 뿌리운,
정든 임의 발자국도 술에 젖었다
농담처럼 진한 키스 후 사랑에 빠지고,
진담처럼 사랑을 가볍게 저버린다.
허름한 계산서는 숙취의 고통에 울부짖는다
아무렇게나 살지는 말자고 했던 취기가

취기 오른 아무렇게나 삶이
아무렇게나 길바닥에 널부러져 있다

징허다

이병국

한 겹의 무게

비눗방울을 불면

아직 오지 않은 이들이 풍선처럼 부푼다

가는 걸음, 흔들리는 한참이

나를 대신하고

손에 쥔 모두를 저만치 띄운다

보다 높이 오르기 위해

봄처럼 희미해진다

오래된 생각을 끌고

허기진 입술이

둥그렇게 흰 몸을 매달아

휘청한 달은 바닥을 모른다

곧 터질 것 같은 그림자

한 겹의 무게로

희박하고

휩싸인 사방이

곤두박질친다

갈납과 동그랑땡

희박한 그림자로 소쿠리에 담긴 어머니를 바라봤다.
더러운 손으로 집어먹지 마라. 입술에 동그란 기름을 묻
힌 채 그는 바닥에 매달렸다.

아버지가 지방紙榜인 날은 아무도 뭐라 하지 못했다.
몸을 동그랗게 말고 고맙습니다, 읊조렸다.

빈방에 들어가기 싫은 날이면 전 집 귀퉁이에서 몸을
동그랗게 말았다. 주머니가 푼푼할 때는 숨아낸 슬픔
을, 마음이 가난할 때는 무너지는 안간힘을 견디고

동그랑땡을 부치던 아주머니가 기름 튄 손으로 그를
토닥였다. 아늑한 것은 아득하기만 하여 자꾸 납작해지
기만 하고

매일을 까맣게 태워도 다그치는 사람이 없어 언제까지
바닥에 매달려 있어야 하는지 알 수가 없다.

가위

―소풍

계속되고 있어요 아직, 눈을 뜨지 못할 날들이 이어지고 있어요 아빠가 다녀간 문은 언제나 잠겨 있지요 하얀 밤이 소품이라서 두 손을 맞잡아도 따뜻해지질 않아요 도시락의 알림음이 자꾸 울어요 따르릉 따르릉 비켜나세요, 자전거가 나갑니다 아니요, 꼬부랑 할머니가 소풍을 따라왔어요

사이다는 삶은 달걀을 좋아해요 나는 어제 내린 비를 좋아해요 달걀은 먹어도 배가 부르지 않아요 도시락 뚜껑을 여는 손길이 분주해요 사이다에게 삶은 달걀을 던져요 요리조리 피해 다니면 두둥실 풍선이 만개하지요 반복되는 술래는 언제나 나라서 보글보글 끓는 배를 어찌할 수 없어요

목이 따가워 나를 보며 말했어요 나는 언제 집에 가요 내가 눈을 뜨면 그때 가지 내가 눈을 감고 있나요 그럼 나는 언제나 눈을 감고 있잖아 지금 나를 보고 있는 나는 뭐지요 내가 지금 누굴 보고 있다고 말하는 거지 나

는 한 걸음 물러나요 목이 따가워요 긁어도 긁어도 긁히지 않아요

이게 거짓이라는 걸 알아요 그런데 바투 잡은 것이 아무것도 아니라니요 저기 문을 열고 들어오는 내가 아빠가 아니라는 말인가요 허리를 구부리고 김밥을 말고 있는 할머니가 눈물이 아니라고요 언제까지나 계속될 거라는 걸 알아요 한눈을 팔아도 한눈은 거기에 있어요 오늘은 가짜인가요

열심으로 일어나기로 해요 필요한 건 자학과 교정이에요 어차피 손가락부터 차근차근이지만 착착 밟아가는 과정은 수학을 싫어하는 내가 할 수 있는 게 아니에요 나는 설명하지 않아요 아빠가 그랬어요 너는 설명을 참 못하는구나 아침을 잡아내면 그 다음이 내 차례예요

어제의 비가 내리면 일어날 거예요 무슨 일이 벌어지든 상관 없어요 잠든 건 소풍이라서 누구라도 환영이에요

내가 만난 그들은 달콤하게 누워 있을 테니까요 계속되고 있어요 언제까지나 계속될 거예요 감당을 버티기로 해요

김송포

휴게소

폭소를 잃었다

폭소가 무엇인지 모르고 가져갔을 것이다

네모의 화면에선 폭소의 이빨을 보여주었지

다리와 손은 하늘을 찌르고 땅을 두드리다가

슬픔의 시를 읽다가 슬프다고 노래를 불렀지

장미를 부르자마자 천둥이 폭소를 지우더니

궁둥이 흔들며 치마를 돌리며 베개를 돌리더니

서산 마애여래삼존불의 미소가 흔들렸어

그녀의 막춤과 비교될 순 없어 미소를 넘어 폭소가 더

찬란하지

찬란 뒤에

까맣게 지워야할 것들이 있는 듯 폰을 놓고 나왔어

화장실에서 미소가 5분 만에 사라졌어

그래, 폭소를 가져가서 잘 살 자신 있으면 백제의 미소

길에 떠올라라

폭소를 태우던 밤은 머릿속에 저장해 놓았을 테고

네모의 창은 미소로 키우면 될 터

얼굴은 새로운 당신으로 채우면 될 터

도둑은 미소를 잃고 부자를 잃고 세계를 잃을 터

혹이 사라질 즈음

나는 오늘 살아 있다 나는 오늘 죽어 있다
시간과 시간 사이에 나는 죽었다 피어난다
머릿속에 혹이 피었다
여기저기 피는 저 환한 자유를 죽일 수 없다
손톱으로 각질을 떼어내도 혹은 수시로 일어선다

내 안에 우주가 생겼다
당신이라는 커다란 우주가 매일 들락거린다
곧 사라질 당신이지만 양귀비가 오늘을 살게 하는 힘
이 있었다

혹, 죽이면 당신이 지워질 거라고 믿었고
혹은 추울 때마다 불을 켰다
내 머리를 관통하는 출구였다
나의 몸속에 우주적인 길을 내어 피를 맑게 할 당신이
옆에 있다

누가 나에게 화관을 얹어 줄 수 있을까

이쁘다. 당신이라고 부르짖은 너는 모자였다

가을이 가면 죽을지 몰라 겨울이 오면 돌아올지 몰라
혹이 자라면 어머니가 만들어준 방에 들어가야 해
42도의 온도로 유지된 방에서 놀다 가야 해
피지 말아야 할 당신이라는 꽃은 죽다 살아나고 살았
다가 죽는다

모자를 벗어야 할 즈음 우주로 피어 있을 혹,
있다가 사라지곤 하는 당신

새우

팬에 소금을 깔고 새우를 구워보자고요
새우는 뜨거워서 쏜살같이 밖으로 뛰쳐나갔습니다
뚜껑을 닫아라. 도망치지 못하게,
멀리 뛰어보아도 붙들리는 꼬리입니다
던져지기 전에는 검은 속살이 싱싱했습니다
죽음 직전에 살아 있는 나는 싱싱해서 연방 노래를 불렀습니다
오늘은 그만 몸을 비틀어야 해요
끌려갔을 때 허리를 꼬고 목을 저어봐요
반듯하게 맞서고 있을 거예요 그런데 다시 무너뜨렸습니다
절대로 물을 뿌린 적이 없습니다 하라는 대로 막았을 뿐입니다
죽지 않으려고 집을 잠시 나갔다가 물에 맞아 죽었습니다
죽음을 애도하기 위해
비를 맞은 사람들이 오늘도 세차게 옷을 갈아입습니다
울어서는 안 됩니다

죽을힘을 다해 도망쳐야 합니다

가시가 극형에 처해 부서져도 언제든 돌아올 수 있는

무덤의 자리 하나 남겨두어야 합니다

목 안에서 피가 웃어요

붉은 등이 벗겨진 속살은 달착지근해요

머리를 먹는 순간

바. 사. 삭

부서지는 눈물을 삼키고 목구멍을 채운 나는

다시 소금 위에서 새우를 굽습니다

김 림

옥선玉蟬*

숨 멈춘 입술 사이

고요히

매미 한 마리 깃들었다

먼 길 떠나는 걸음

무겁지 말라고

한 생 접으며 다음 생 다시 오라고

한 몸 벗어나 또 다른 몸으로

무사히 가시라는 기원

생전에 빚진 이라면

오직 나무 한 그루

애원의 한 생애는 속절없이 짧아서

날개 돋은

고작 초이레를 살다 가느니

제 몸 가릴 집 한 채

굳이 필요치 않았겠다

한여름 잘 울다 간다는 매미 곁에

붉은 조문객의 긴 행렬

매미의 마른 몸을 가만히 덮어주는

아침 햇살 위로

한 계절이 끝나가고 있다

한 생애가 저물고 있다

* 주검을 마지막 손질하면서 입을 막아주는 데 쓰던 매미 모양의 옥

바람의 성지

얼기설기 엮은 비닐천막 사이로 쾌활한
한숨이 안개처럼 삐져나오는 것이 보인다.
그만 지치고 싶을 때
그만 주저앉자고 무겁게 매달리는
탄식을 애써 털어내는 웃음들.
6월 14일, 해고농성 146일째
거리의 쪽잠 위에
몇 배수의 무게로 얹혀지는 막막한 생계
겨울을 등에 업은 바람은,
여름 골목을 떠나지 못한 채
후미진 농성장 인도 위를 점령하였다.
차마 떠나지 못하는 서슬 퍼런 바람
쉴 새 없이 천막 안을 기웃거린다.
어쩌면 그 바람은 투쟁의 배후
물러설 수 없는 교두보
쓰러지려는 어깨를 다부지게 일으켜 세우는
그곳은 바람의 성지
철옹성 같은 자본의 이기를

쉼 없이 두드리는 노동의 아픈 가슴이다.

바람아 기어이 그 벽을 허물어라

문자 해고라는 신개념 칼날을

노동자의 목에 들이대는

무례한 21세기 자본의 민낯을 고발하라.

교동喬桐에서

구름 위에 뜬 섬* 하늘에 닿을 듯 고개를 들고
무어라 말하려다 말을 삼킨다
자맥질에 지쳐 쓰러진 물살
지키지 못한 뽕나무밭에 누에들은 어찌 살다 갔는지
뭍에 오르지 못한 바다는 조바심이 나
섬 언저리를 배회하고
해지개를 밟고 오는 땅거미는
한 잔의 어둠과 비밀스런 지상전을 준비한다
대나무 죽고 난
봄 잔등 위로
언 땅 죽어라 움켜쥔 늙은 손
바닥이 긁히는 빈 독처럼 목이 쉬었다
오래도록 기척 없는 오후
오도 가도 못하는 가시나무 군락은
슬픈 한 사람을 에워싸고 있네

• 교동도의 옛 지명, 대운도(戴雲島)

156

옥효정

폭염

　유서가 된 일기장을 영원에 안치하던 날, 텔레비전에서는 어느 기업 창업주의 성공 신화가 나왔다. 스크린도어 사고 소식은 화면 맨 아래 자막으로 흐르다가 사라졌다. 경계를 벗어난 스크린도어는 절벽이었다. 한 사람의 생을 열아홉으로 압축하기에는 너무 엉성했다. 푸른 배낭을 메고 푸른 아침을 걸어간 그는 홀쭉해진 위장을 달래려 억지로 삼킨 꿈을 남김없이 게워냈다. 꿈이 뭉개진 바닥은 전동열차의 경적 소리에 진저리를 쳤다. 기한이 정해진 억지웃음을 짓던 또래들의 푸른 눈물은 종유석처럼 거꾸로 자랐다. 사시사철 곰팡이꽃이 피는 한 평 방에는 가끔 등 굽은 달이 매달려 자고 가곤 했다. 새벽 여섯 시면 기상 알람이 울릴 테고 주인 잃은 신발은 편의점에서 컵라면과 생수를 사고 종종걸음으로 지하철 계단을 내려가다가 헛웃음을 지으며 되돌아오겠지. 살아남은 자의 슬픔*이 만조로 차오른 밤, 시간의 지문을 지운 자궁 문이 굳게 닫혔다. 19년 만의 폭염이라고 한다.

* 베르톨트 브레히트의 시 제목

꼬리 2

중심을 잃은 태양의 꼬리가 잡히고
눈 먼 자들의 행성은 길을 잃고 충돌했다.
방송사들이 앞다퉈 쏟아내는 말잔치는
유통기한이 지난 일회용 도시락이었다.

겨울을 관통하는 광화문 광장
이름 대신 촛불로 모인 사람들의
착한 분노가 파도치는 불꽃바다에서
약속의 만장은 어린 별들을 부르고

중립을 가장한 경찰 차벽이 갈라놓은
이쪽과 저쪽은
자식을 가슴에 묻고 살아온 피멍의 시간과
주름을 감추다가 피멍 든 얼굴과의 간극

일곱 시간의 비밀이 봉인된 판도라의 상자가
134일 1,600만의 촛불에 녹아
국정농단에 감금당한 진실을 게워낸다.

몸통과 꼬리가 뒤바뀐 당신들이 블랙리스트라고.

2017년 3월 10일
시민혁명 승리를 역사에 등기하던 날
삼백 네 개의 별을 품은
우리는 항성이었다.

분류번호 18212

전문가입니까? 그렇다고 할 수 있습니다.

일번 길입니다.

문화, 예술 및 방송 관련 전문가입니까? 그렇습니다.

여덟 번째 갈림길에서 오른쪽입니다.

작가 및 관련 전문가입니까? 빙고!

두 번째 골목입니다.

작가입니까? 그렇게 불립니다.

첫 번째 건물입니다.

시인입니다.

이번 방입니다.

당신의 직업분류번호는 18212

시인입니다.

시인도 직업이 될 수 있습니까?

국어사전에 직업이란

〈개인이 사회에서 생활을 영위하고 수입을 얻을 목적
으로 한 가지 일에 종사하는 지속적인 사회 활동〉이라
는데

생활을 영위하고 수입을 얻을 목적으로 시를 쓰는 것

도 아니고

　(간혹 그런 이들도 있다고 듣긴 했습니다.)

　시를 쓴다고 생활을 영위하고 수입이 생기는 것도 아
닌데

　(유명한 시인들은 그럴 수도 있을 것 같습니다.)

　한 가지 일에 종사하는 지속적인 사회 활동은 맞는 것
같습니다.

　직업이 시인이 아니라 시인이 직업이군요.

　예? 예!

　한국표준직업분류번호 18212 시인

　하늘과 땅 사이의 자발적 미아

이 권
검은 새

이른 봄날 차이나타운 북경반점에서
자장면을 먹다 긴급
속보를 전하는 CNN 뉴스를 봐요

TV 속 한 떼의 검은 새들이 라카의
하늘을 돌며 군무를 추고 있어요

찢어지는 라카의 하늘 검은 새에서 산란한
알들이 새까맣게 투하되고 있어요
붉은 꽃이 피어나고 뭉게구름이 일어나요

자장면을 먹다 말고 사람들이 검은 새의
묘기에 박수를 치며 V자를 그려요

맥아더 동상 앞 라디오를 듣던 노인들이
지팡이를 들고 환호해요
더러는 맥아더에게
거수경례를 붙이며 충성을 맹세해요

사람들이 검은 새의 묘기에 박수를 치고
환호를 보낼 때마다
죄 없는 아이와 엄마들이 죽어나가요

누가 저 검은 새의 심장을
명중시킬 수 있는
새총 하나 갖다 줄 수 없나요

구월동 로데오거리

붉은 입술과 노란 머리와 검은 구두들이
둥둥 떠다니는 구월동 로데오거리

건물 4층 꼭대기
붉은 십자가를 내건 남인천
교회가 있고 3층에 황실마사지 샵이 있다

2층에 24시간 꽃을 피우는 꽃다방이 있고
1층엔 365일 살생이
일어나는 남해수산 횟집이 있다

아랫도리가 맨몸인 여자가 탬버린
흔들며 춤을 추는
지하 1층 황진이노래주점

4층 남인천교회 하느님 은총으로 황실
마사지 샵과 꽃다방과
황진이

노래주점이 밤새 성업 중이다

옐로우하우스

섣달그믐 옐로우하우스 오늘밤
거래될 여자들의 자궁이
집집마다 내걸리고 있다

사랑 없는 사랑을 마중 나온 15호 집
아가씨, 서성이는 사내를
끌고 가게 안으로 들어서고 있다

오늘처럼 눈이 내리고 가로등이 눈을
감고 죽은 밤이면 그녀의
자궁에서 이루어진
거래는 모두 증거인멸된다

사내가 그녀의 몸에서 꽃잠을 자다
빠져 나간 새벽 어제를 버리고
새로운 하루를 얻은 15호 집 아가씨

한파주의보 내린 거리를 하얀

눈사람이 되어 걸어가고 있다

정우림

죽은 자의 한식寒食

고독한 사람의 휴식을 본다

비밀을 캐내는 표정의 자작나무 눈동자 흔들리고

치솟는 불길, 붉은 재, 회색의 메아리, 돌아오지 않는
물음

일곱 매듭이 풀리지 않은 고독한 이름

쇠절구에서 다정한 잠이 부서지고 있다

온 산들은 무덤처럼 둥글고 납작해져간다

쩡, 쩡, 쩡, 타오르는 영혼은 새보다 먼저 날아간다

비어진 밥그릇이 꽃처럼 향기롭다

일곱 사자를 흔드는 것은 막 지어 김 오르는 밥 냄새

핏자국이 사라진 주검이, 황토 속에 삭혀온 뼈

배고프다, 아직도 단단한 근심인 뼛가루 범벅

잿빛 밥덩이 들고 가는 저 한낮의 어둠

어디로 가는지 묻지 마라, 밥 한 톨 물고 날아가는 새
의 날개가

부챗살 같은 저녁

책의 무덤

책장 뒤에 있는 모든 책들은 정면에서 돌아서 있다
한 자세로 잠든 주검처럼 물기가 말라간다
누군가의 손길이 머물다 간 흔적
책의 나이테는 똑같은 빛깔을 가지지 않는다

미명의 글자 속에서 잠든 사람들
많았을까, 작은 감정에도 물결치던
너를 만나지 않으면 눈 감을 수 없는 날들이
그 이름 속에 누워 살았던 날들이

그러나 그것이 연무의 새벽 풍경이었을까
계단을 어루만지며 안개가 올라오고
비석 없는 무덤이 되어
누구라도 열어볼 수 없는 문이 되어
살과 피가 마른 가을 들녘처럼
언어의 뿌리들이 잘려 나간다
모든 것의 표정이 사라진 그림자는
아니었을까, 불안의 물음표에 종지부를 또 찍는

너를 만나면,

무의미의 축제에서 축배 드는 나를 만나게 될 것인가

너의 이면은

결국 내가 보고 싶은 마지막 페이지

시대와 분류의 흔적이 사라지는 초분草墳처럼

순간, 장미문신

입술이 꽃을 피웠다
숨결이 빚어낸 무늬꽃
한 때의 격정이 불확실한 잎과 향기를 새겨 놓았다
꽃이 흙 위에서만 피지 않는다는 것을
하늘을 찢는 번개를 한밤에 본 적 있다, 불안에서 시
작된 키스
귀신이 틈 사이로 들어왔다 간
하늘의 활시위
맨발의 절름발이들이 만든 비밀의 정원에 씨앗이 돋
았다
순간으로 피었다가 사라지는 봉오리, 꽃잎
낯선 이방인처럼 풍화의 몸으로
천둥이 끌고 온 어둠을 송두리째 받아들일 때
핏방울이 먹구름 같이 먹구름이 바람 같이
골짜기에 불씨를 지피고, 꽃잎이 흩어질 때까지
피고 지고 피고 죽고

한도훈

갇힌 개

갇힌 개의 입에서
이런 말이 튀어 나왔다
수신제가치국평천하修身齊家治國平天下!
낮별 사이에 발자국 소리가
들릴 낌새라도 날라치면
요란하게 수신修身했다
하늘 향해 목을 빼들고
양심에 구멍이나 파는
쥐들은 얼씬도 마라!
혈구지도絜矩之道 따위는 개나 물어 가라지
양철 밥통을 열심히 혀로 닦아
삐까번쩍 제가齊家를 마친 뒤
이 따위 철창을 깨부수고
치국평천하治國平天下에 나서리라

해가 곰팡이 가득한 중천中天을 가로질러도
아침밥은 없고
정신마저 혼미해지는 가운데

정심正心은 어디 마실 갔는가
하루 종일 낯짝이 벌게진 도道를 닦느라
똥 묻어 시커매진 발바닥도 못 닦았다

갇힌 개의 마음이 통 속에 든 물과 같아
혼탁한 세상사가 그대로 비쳐진다

김치찌개

검은 돌과 흰 돌이 어깨 부딪치며
세력 싸움하는 저녁

시한폭탄 가슴에 안고
김치찌개 끓이는 중에
사내가 일 마치고 방금 들어와
소파에 털썩 앉자
강력한 스프링이 튀어
김치찌개 속으로 홀러덩 빠졌다
양말도 벗지 않은 채
텔레비전 리모컨을 집어든 게 화근이었다

김치 국물이 펼쳐진 바다 가운데
낯선 바둑판에는
검은 돌이 흰 돌을 포위하고 있었다

진부령 메밀밭처럼 소금이 흩뿌려지고
살을 파고드는 겨울 채찍보다

더 강력한 통증이 한꺼번에 몰려왔다
냄비 속에선 물가物價가 부글부글 끓고
세금고지서는 난파선처럼 흩어졌다

검은 돌에 밀려 흰 돌은
집 지을 공간마저 점점 줄어들었다

햇빛 달빛 별빛 한 번 맛보지 않은
배추 잎사귀에
겨우 턱걸이를 하고 숨을 고르는데,
국자가 쓰윽 들어오더니
뱅뱅뱅뱅 소용돌이를 일으켰다

수신 하백河伯의 눈이 튀어나올 정도로
터억, 목구멍에 걸린 건
김치찌개 좀 식탁에 올려놓으면 어디 덧나?

텔레비전 화면에선 죽은 흰 돌들이

방 한 칸도 차지하지 못하고 거둬졌다

낮잠

초인종이 울렸다
뱀눈 닮은 모니터로 보니
적이다 적!
무서워 책상 아래에 숨었다
민방공 싸이렌이 울고
책상 아래에서 숨죽인 나는
금세 풍선처럼 부풀었다
계속 초인종이 울리고
몸은 비눗방울마냥 두둥실 떠올랐다
이노무 자식
어서 문 열어!
압박에 못 이겨 온몸을 떨어대며
애처롭게 돌쩌귀가 울었다
좁은 책상 구멍 안에서
기절 직전,
푸른 불뱀이 내 얼굴을 핥고
철커덕 문이 열리면서
낮도깨비처럼 어디 숨은 게야?

목소리가 귓속에 번개를 박아 넣었다
호랑이 뼈 갈아먹은 고함 소리
어깨에서 힘이 빠질 만큼 감전되어
정수리 타고 온 잠이
방구들 속으로 잠수해 들어갔다

신현수 　계간『시와 의식』(1985년 봄호)에「서산 가는 길」등 5편이 박희선, 김규동 시인에게 추천되어 문단에 나왔다. 시집으로『서산가는 길』,『처음처럼』,『이미혜』,『군자산의 약속』,『시간은 사랑이 지나가게 한다더니』,『인천에 살기 위하여』, 시선집『나는 좌파가 아니다』,『신현수 시집(1989-2004)』(상, 하) 등이 있다.

이경림 　1989년『문학과 비평』으로 등단. 시집『토씨 찾기』,『그곳에도 사거리는 있다』,『시절 하나 온다, 잡아먹자』,『상자들』,『내 몸속에 푸른 호랑이가 있다』등 출간. 산문집『나만 아는 정원이 있다』,『언제부턴가 우는 것을 잊어버렸다』. 시론집『사유의 깊이, 관찰의 깊이』출간. 제6회 지리산문학상, 제1회 윤동주서시문학상 수상.

정세훈 　1955년 충남 홍성 출생. 1989년『노동해방문학』을 통해 문단에 나옴. 시집『맑은 하늘을 보면』,『부평4공단 여공』,『몸의 중심』등 다수. 현재 '리얼리스트100' 상임위원과 한국작가회의 이사, 한국민예총 이사장 권한 대행. borihanal@hanmail.net

김영언 　1989년『교사문학』으로 작품활동 시작. 계간문에『다층』신인상 수상. 시집『아무도 주워 가지 않는 세월』,『집 없는 시대의 자화상』출간. hanripo@hanmail.net

고광식 　시인, 문학평론가. 1957년 충남 예산 출생. 1990년『민족과문학』신인문학상에 시로, 2014년〈서울신문〉신춘문예에 문학평론으로 등단. pascalgo@hanmil.net

천금순 　1990년『동양문학』으로 등단. 시집으로『두물머리에서』,『꽃그늘 아래서』,『아코디언 민박집』등이 있음. cgspoet@hanmail.net

문계봉 　1995년 계간『실천문학』신인상으로 등단. freebird386@hanmail.net

이명희 　1963년 서울 출생. 1997년『처음처럼』으로 작품활동 시작. 시집『아름다운 파편』이 있음. heatomuri@hanmail.net

이세기 　1963년 인천 출생. 1998년『실천문학』으로 등단. 시집『먹염바다』,『언 손』등. halmibburi@hanmail.net

박완섭   1998년 『문학21』로 등단. 시집 『핸들을 잡으면 세상이 보인다』(동학사), 『느티나무의 꿈』(도서출판 선) 외 2권. 에세이집 『택시를 부르는 바람소리』(풀잎문학).

정민나   1998년 『현대시학』으로 등단. 시집으로 『꿈꾸는 애벌레』, 『E입국장 12번 출구』, 『협상의 즐거움』. 그 외 『정자용 이야기가 있는 시 창작 교실』이 있음. minna0926@naver.com

조정인   서울 출생. 1998년 『창작과 비평』으로 등단. 시집 『장미의 내용』외. thewoman7@naver.com

이기인   인천 출생. 2000년 〈경향신문〉 신춘문예로 등단. 시집으로 『알쏭달쏭 소녀백과사전』, 『위로 떨어지는 편지』가 있음.

김명남   2000년 계간 『작가들』 여름호로 작품활동 시작. 시집으로 『시간이 일렁이는 소리를 듣다』가 있음. kmn0308@hanmail.net

박인자   1952년 출생. 2000년 『문학세계』로 등단. 시집으로 『깨지지 않는 아름다움』이 있음. 〈현상〉 동인, 〈영상〉 추천작가. pij1007@hanmail.net

조혜영   1965년 충남 태안 출생. 2000년 제9회 전태일문학상 수상. 시집 『검지에 핀 꽃』, 『봄에 덧나다』가 있음.

류명   2000년 『작가들』로 등단. iampen@hanmail.net

최기순   2001년 『실천문학』으로 등단. 시집으로 『음표들의 집』이 있음. thelilycks@naver.com

지창영   2002년 『문학사계』로 등단. 시집 『송전탑』. jckmail@naver.com

김경철   2005년도 『내일을 여는 작가』로 등단. abandom111@hanmail.net

심명수   1966년 금산 출생. 2010년 〈부산일보〉 신춘문예 「쇠유리새 구름을 요리하다」로 등단. byulmoi@hanmail.net

이성혜   서울 출생. 2010년 『시와정신』으로 등단. shl3741@naver.com

이설야   인천 출생. 2011년 『내일을 여는 작가』 신인상으로 등단. 시집으로 『우리는 좀더 어두워지기로 했네』가 있음.
lsy196800@hanmail.net

김금희   2011년 계간 『시에』로 시 등단. 월간 『문학세계』로 수필 등단.
poetry06@hanmail.net

이병국   1980년 인천 강화 출생. 2013년 〈동아일보〉 신춘문예로 등단.
sodthek@hanmail.net

김송포   2013년 『시문학』으로 등단. 시집으로 『집게』, 『부탁해요 곡절 씨』가 있음. 현재 성남FM방송 라디오 문학전문프로 '김송포의 시향' 진행. 푸른시학상 수상. cats108@hanmail.net

김림   2014년 계간 『시와문화』로 등단. 시집 『꽃은 말고 뿌리를 다오』가 있음. rosek0611@hanmail.net

옥효정   대구 출생. 2014년 월간 『시문학』으로 등단.
ohjmail@daum.net

이권   1953년 충남 청양 출생. 2014 『시에터카』로 등단. 시집으로 『아버지의 마술』. budsong@hanmail.net

정우림   2014년 『열린시학』으로 등단.

pokpo1000@hanmail.net

한도훈   2014년 『시와문화』 신인상. 시집으로 『오늘, 악어 떼가 자살을 했다』, 『홍시, 코피의 향기』. 동화책 『독도야, 간밤에 잘 잤느냐』가 있음. hansan21@naver.com

불완전한 착지

초판 1쇄 발행 • 2017년 9월 20일

지은이 • 신현수 이경림 정세훈 김영언 고광식 천금순 문계봉 이명희 이세기
　　　박완섭 정민나 조정인 이기인 김명남 박인자 조혜영 류명 최기순 지창영
　　　김경철 심명수 이성혜 이설야 김금희 이병국 김송포 김림 옥효정 이권
　　　정우림 한도훈
펴낸이 • 황규관

펴낸곳 • 도서출판 삶창
출판등록 • 2010년 11월 30일 제2010-000168호
주소 • 04149 서울시 마포구 대흥로 84-6, 302호
전화 • 02-848-3097
팩스 • 02-848-3094
홈페이지 • www.samchang.or.kr

ⓒ신현수 외, 2017
ISBN 978-89-6655-087-6 03810

＊이 책은 인천문화재단의 지원을 일부 받아 발간하였습니다.